满腹诗书

藏在白话里的古诗文

李慧泉 ◎ 编著

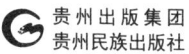

贵州出版集团
贵州民族出版社

图书在版编目（CIP）数据

满腹诗书：藏在白话里的古诗文 / 李慧泉编著.
贵阳：贵州民族出版社，2025.8. -- ISBN 978-7-5412-3111-7

Ⅰ．I207.2

中国国家版本馆CIP数据核字第2025G4N037号

满腹诗书：藏在白话里的古诗文
MANFU SHISHU: CANG ZAI BAIHUA LI DE GUSHIWEN

李慧泉　编著

出版发行：贵州民族出版社
地　　址：贵阳市观山湖区会展东路贵州出版集团大楼
邮　　编：550081
印　　刷：三河市天润建兴印务有限公司
开　　本：880 mm × 1230 mm　1/32
版　　次：2025年8月第1版
印　　次：2025年8月第1次印刷
印　　张：6
字　　数：90千字
书　　号：ISBN 978-7-5412-3111-7
定　　价：48.00元

版权所有·翻印必究

前言

在文字的时光隧道里相遇

当你在上班路上路过早点摊,被香气吸引时,唐朝的白居易说不定正饿着肚子写下"饥闻麻粥香";当你加班或学习到后半夜,熬到头秃,忍不住深夜 emo(颓废、抑郁)时,宋朝的李清照也正在"寻寻觅觅,冷冷清清,凄凄惨惨戚戚";当你纠结这辈子或许只能做个 NPC(无个性机器人)时,不如效仿清朝的袁枚,非主角人物也有属于自己的人生,正如"苔花如米小,也学牡丹开"。

千百年前的古人,也会被诱人的事物吸引,对同样的烦恼挠头,为快乐的心情举杯,这些都藏在他们留给后世的文字当中。这些文字就像一座桥梁,一头连接着古老的诗意世界,另一头则连着我们当下的生活。驻足桥上,我们能看到古今充满人间烟火气的日常,世人对人生哲理的苦苦追寻，以及在社交中摸爬滚打的技巧。

本书并非简单地对古诗文进行翻译，而是将明快鲜活的白话与含蓄深邃的古诗文结合，通过古今对照，让古诗文变得亲切，让一位位古人来到我们面前，让他们用现代人能听懂的方式，讲述他们的喜怒哀乐，分享他们的人生经验。

因先秦时期的多部著作并非独创，本书仅列书名。阅读本书是一次轻松的旅程，希望它能成为你的另一个"文字百宝箱""句宝盆"，在经历悲欢喜怒时，不仅仅在心里默念"笑不活了"，不再只和朋友吐槽"蚌埠住了"，而是让古诗文成为新的"嘴替"，让自己"满腹经纶"，语言充满文化底蕴，告别词穷尴尬，学会优雅表达。

现在，就跟着本书推开这扇穿越之门，看看古人藏在白话里的那些小秘密吧！

目 录

此生尽兴………001

人间烟火………021

情绪图谱………037

缱绻爱情………062

金石之言………086

一语倾心………121

出口成章………151

此生尽兴

- **白　话**　人生主打体验。
- **古诗义**　浮生若梦,为欢几何?
  　　　　——(唐)李白《春夜宴桃李园序》

- **白　话**　睡什么睡,起来嗨!
- **古诗义**　昼短苦夜长,何不秉烛游。
  　　　　——(汉)佚名《古诗十九首》

- **白　话**　有钱,任性!
- **古诗义**　取之尽锱铢,用之如泥沙。
  　　　　——(唐)杜牧《阿房宫赋》

- **白　话**　没事哒没事哒没事哒。
- **古诗义**　纵浪大化中,不喜亦不惧。
  　　　　——(晋)陶渊明《形影神三首》

- **白　话**　沧海一声笑。
- **古诗义**　白云满地江湖阔，著我逍遥自在行。
　　　　　——（宋）黎廷瑞《金陵陈月观同年三首》

- **白　话**　都是过客，何必太认真。
- **古诗义**　何须更问浮生事，只此浮生是梦中。
　　　　　——（唐）鸟窠禅师《无题》

- **白　话**　梦想还是要有的，万一实现了呢？
- **古诗义**　海阔凭鱼跃，天高任鸟飞。
　　　　　——（宋）阮阅《诗话总龟前集》

- **白　话**　趁花在，赶紧折。
- **古诗义**　花开堪折直须折，莫待无花空折枝。
　　　　　——（唐）无名氏《金缕衣》

- **白　话**　到点回家。
- **古诗义**　云无心以出岫，鸟倦飞而知还。
　　　　　——（晋）陶渊明《归去来兮辞》

- **白　话**　把"总有一天"换成"就今天"。
- **古诗义**　为君聊赋《今日诗》，努力请从今日始。
　　　　　——（明）文嘉《今日歌》

- **白　话**　激情、热情！
- **古诗义**　黄沙百战穿金甲，不破楼兰终不还。
　　　　　——（唐）王昌龄《从军行七首》

此生尽兴

■ **白　话**　子弹正中眉心。
□ **古诗文**　众里寻他千百度。蓦然回首，那人却在，灯火阑珊处。
　　　　　　——（宋）辛弃疾《青玉案》

■ **白　话**　重在参与。
□ **古诗文**　算不如闲，不如醉，不如痴。
　　　　　　——（宋）辛弃疾《行香子》

■ **白　话**　世界是一个巨大的草台班子。
□ **古诗文**　乱烘烘你方唱罢我登场，反认他乡是故乡。
　　　　　　——（清）曹雪芹《红楼梦》

■ **白　话**　躺着看书最舒服，下雨时门外的风景更好看。
□ **古诗文**　枕上诗书闲处好，门前风景雨来佳。
　　　　　　——（宋）李清照《摊破浣溪沙》

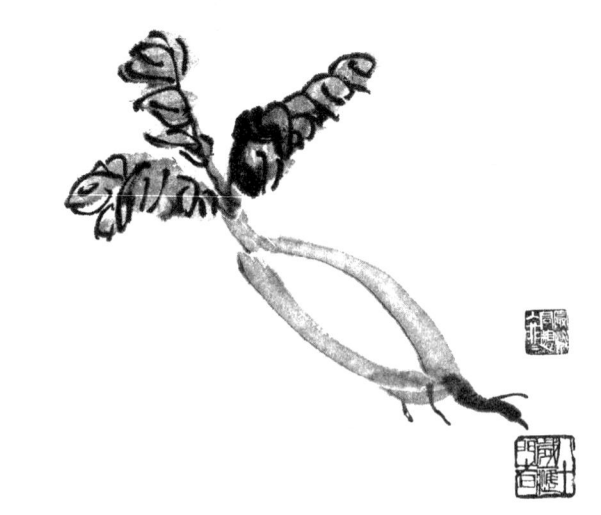

■ 白　话　今天不醉不归！十年没在家过重阳节了。
□ 古诗义　邻曲莫辞同一醉，十年客里过重阳。
　　　　　——（宋）陆游《九月三日泛舟湖中作》

■ 白　话　东西还是新的好。
□ 古诗义　日新之谓盛德。
　　　　　——《易经》

■ 白　话　想太多，人易老。
□ 古诗义　忧极心劳血气衰，未年三十生白发。
　　　　　——（唐）白居易《生离别》

■ 白　话　登上山顶才能俯瞰群山。
□ 古诗义　会当凌绝顶，一览众山小。
　　　　　——（唐）杜甫《望岳》

■ 白　话　我单身，我骄傲。
□ 古诗义　独往独来，是谓独有。独有之人，是之谓至贵。
　　　　　——《庄子》

■ 白　话　我们终将失去年少的自己。
□ 古诗义　盛年不重来，一日难再晨。
　　　　　——（晋）陶渊明《杂诗十二首》

■ 白　话　及时行乐，何必在乎人生几何。
□ 古诗义　今朝有酒今朝醉，明日愁来明日愁。
　　　　　——（唐）罗隐《自遣》

■ **白　话**　开不开心都是一天，为什么不天天开心？
□ **古诗义**　随富随贫且欢乐，不开口笑是痴人。
　　　　　　——（唐）白居易《对酒五首》

■ **白　话**　一个人坐在竹林里，弹弹琴，吼两嗓子。
□ **古诗义**　独坐幽篁里，弹琴复长啸。
　　　　　　——（唐）王维《竹里馆》

■ **白　话**　不要在意他人评价。
□ **古诗义**　两岸猿声啼不住，轻舟已过万重山。
　　　　　　——（唐）李白《早发白帝城》

■ **白　话**　人早不是当年人，风景却还在，喝吧！
□ **古诗义**　人事不同风物在，怅然犹得对芳樽。
　　　　　　——（宋）王珪《游赏心亭》

■ **白　话**　人一年比一年老，花却年年开得一样鲜艳。
□ **古诗义**　今年花似去年新，去年人比今年老。
　　　　　　——（宋）梅尧臣《正月十日五更梦中》

■ **白　话**　生命只有一次。
□ **古诗义**　人生寄一世，奄忽若飙尘。
　　　　　　——（汉）佚名《古诗十九首》

■ **白　话**　活在此时此刻，不对过去挂怀。
□ **古诗义**　莫思身外无穷事，且尽生前有限杯。
　　　　　　——（唐）杜甫《绝句漫兴九首》

■ 白　话　生是一个人，死是一个人，与孤独共处。
□ 古诗义　孤舟蓑笠翁，独钓寒江雪。
　　　　　——（唐）柳宗元《江雪》

■ 白　话　在时间面前，一切都会灰飞烟灭。
□ 古诗义　吴宫花草埋幽径，晋代衣冠成古丘。
　　　　　——（唐）李白《登金陵凤凰台》

■ 白　话　活着一天，就是有福气，就该珍惜。
□ 古诗义　为乐当及时，何能待来兹？
　　　　　——（汉）佚名《古诗十九首》

■ 白　话　不要活在别人的期待里。
□ 古诗义　安能摧眉折腰事权贵，使我不得开心颜。
　　　　　——（唐）李白《梦游天姥吟留别》

■ 白　话　你就是你，不必迎合他人。
□ 古诗义　不与群芳争绝艳，化工自许寒梅。
　　　　　——（宋）叶梦得《临江仙》

■ 白　话　路远着呢，先睡一觉。
□ 古诗义　前程千万里，一夕宿巴东。
　　　　　——（唐）戴叔伦《次下牢韵》

■ 白　话　以后就自己玩儿，不跟人搭伙了。
□ 古诗义　从今独游后，不拟共人来。
　　　　　——（唐）白居易《仙游寺独宿》

- ■ **白　话**　偶尔来个和尚串门,晚上还是自己点灯睡觉。
- □ **古诗义**　时有山僧来,悬灯独自宿。
    ——(唐)韦应物《宿永阳寄璨律师》

- ■ **白　话**　有自己的节奏,不盲目跟风。
- □ **古诗义**　千磨万击还坚劲,任尔东西南北风。
    ——(清)郑燮《竹石》

- ■ **白　话**　年纪轻轻,却一副病恹恹的样子。
- □ **古诗义**　行年未四十,已觉百病生
    ——(宋)苏轼《答任师中家汉公》

- ■ **白　话**　抬头看见南山好风光。
- □ **古诗义**　采菊东篱下,悠然见南山。
    ——(晋)陶渊明《饮酒》

■ **白　话**　不断挑战，不断突破。
□ **古诗文**　长风破浪会有时，直挂云帆济沧海。
　　　　　——（唐）李白《行路难三首》

■ **白　话**　热烈活过，但随时可以离开。
□ **古诗文**　须信百年俱是梦，天地阔，且徜徉。
　　　　　——（元）邵亨贞《江城子》

■ **白　话**　人生没有彩排，允许无限次即兴演出。
□ **古诗文**　人似秋鸿来有信，事如春梦了无痕。
　　　　　——（宋）苏轼《正月二十日与潘郭二生出郊寻春忽记去年是日同至女王城作诗乃和前韵》

■ **白　话**　做自己一生的策展人。
□ **古诗文**　人生适意即为之，醉死愁生君自择。
　　　　　——（宋）陆游《饮酒》

■ **白　话**　城市套路深，我要回农村。
□ **古诗文**　久在樊笼里，复得返自然。
　　　　　——（晋）陶渊明《归园田居五首》

■ **白　话**　小卡拉米（小角色，不起眼的人）也可以活得精彩。
□ **古诗文**　苔花如米小，也学牡丹开。
　　　　　——（清）袁枚《苔》

■ **白　话**　喝嗨写诗，醉了就睡。
□ **古诗文**　李白一斗诗百篇，长安市上酒家眠。
　　　　　——（唐）杜甫《饮中八仙歌》

■ **白　话**　人生在世，知足常乐。
□ **古诗文**　粗茶淡饭饱即休，补破遮寒暖即休。
　　　　　——（宋）黄庭坚《四休居士诗序》

■ **白　话**　松林是天然的屋顶。
□ **古诗文**　旧隐松林下，冲泉入两涯。
　　　　　——（唐）于鹄《寻李逸人旧居》

■ **白　话**　天地悠悠，过客匆匆。
□ **古诗文**　人生天地间，忽如远行客。
　　　　　——（汉）佚名《古诗十九首》

■ **白　话**　怀着热忱之心，拥抱每份惊喜。
□ **古诗文**　且乐生前一杯酒，何须身后千载名？
　　　　　——（唐）李白《行路难三首》

■ **白　话**　对喜欢的事物全力以赴，不问结果。
□ **古诗文**　亦余心之所善兮，虽九死其犹未悔。
　　　　　——（先秦）屈原《离骚》

■ **白　话**　在每一个当下都活得热烈而真挚。
□ **古诗文**　且将新火试新茶，诗酒趁年华。
　　　　　——（宋）苏轼《望江南》

■ 白　话　我要让菊花和桃花一起开放。
□ 古诗义　他年我若为青帝，报与桃花一处开。
　　　　　——（唐）黄巢《题菊花》

■ 白　话　及时行乐，何必用浮名牵绊灵魂。
□ 古诗义　细推物理须行乐，何用浮荣绊此身？
　　　　　——（唐）杜甫《曲江二首》

■ 白　话　把旅行的足迹印满各个角落。
□ 古诗义　五岳寻仙不辞远，一生好入名山游。
　　　　　——（唐）李白《庐山谣寄卢侍御虚舟》

■ 白　话　用心品尝生活中的酸甜苦辣。
□ 古诗义　世事短如春梦，人情薄似秋云。
　　　　　——（宋）朱敦儒《西江月》

■ 白　话　首先你要快乐，其次都是其次。
□ 古诗义　世事劳心非富贵，人间实事是欢娱。
　　　　　——（唐）白居易《老夫》

■ 白　话　随遇而安。
□ 古诗义　行到水穷处，坐看云起时。
　　　　　——（唐）王维《终南别业》

■ 白　话　在知识的海洋里畅游。
□ 古诗义　书卷多情似故人，晨昏忧乐每相亲。
　　　　　——（明）于谦《观书》

■ **白　话**　做点儿什么呢？饮酒，游览，睡觉。
□ **古诗义**　而今何事最相宜，宜醉宜游宜睡。
　　　　　——（宋）辛弃疾《西江月》

■ **白　话**　将艺术融入生活，让生活充满美感。
□ **古诗义**　琴棋书画诗酒花，当年件件不离他。
　　　　　——（清）张灿《手书单幅》

■ **白　话**　时间管理是一门技术。
□ **古诗义**　莫等闲，白了少年头，空悲切。
　　　　　——（宋）岳飞《满江红》

■ **白　话**　一茶一酒一世界，一山一水一闲人。
□ **古诗义**　茶一碗，酒一尊，熙熙天地一闲人。
　　　　　——（宋）王柏《夜宿赤松梅师房》

■ **白　话**　世界那么大，我想去看看。
□ **古诗义**　小舟从此逝，江海寄余生。
　　　　　——（宋）苏轼《临江仙》

■ **白　话**　于平凡中遇见最真实的自己。
□ **古诗义**　钟鼎山林都是梦，人间宠辱休惊。
　　　　　——（宋）辛弃疾《临江仙》

■ **白　话**　我命由我不由天。
□ **古诗义**　歌曰人定兮胜天，半壁久无胡日月。
　　　　　——（宋）刘过《襄阳歌》

■ 白　话　对世界充满好奇感，不断探索。
□ 古诗义　放翁百念俱已矣，独有好奇心未死。
　　　　　——（宋）陆游《杜敬叔寓僧舍开轩松下以虚濑名之来求诗》

■ 白　话　一个世界两重天。
□ 古诗义　东边日出西边雨，道是无晴却有晴。
　　　　　——（唐）刘禹锡《竹枝词二首》

■ 白　话　二僧树下对弈，竹荫凉快得很。
□ 古诗义　山僧对棋坐，局上竹阴清。
　　　　　——（唐）白居易《池上二绝》

- ■ **白　话**　豪情万丈想走遍天下。
- □ **古诗义**　长风万里送秋雁，对此可以酣高楼。
  　　　　——（唐）李白《宣州谢朓楼饯别校书叔云》

- ■ **白　话**　此情此景，闲逸无比。
- □ **古诗义**　窗含远色通书幌，鱼拥香钩近石矶。
  　　　　——（唐）李贺《南园十三首》

- ■ **白　话**　沉浸在文字世界，时间都停止了。
- □ **古诗义**　闲坐小窗读周易，不知春去几多时。
  　　　　——（宋）叶采《暮春即事》

- ■ **白　话**　带着好奇心去探索世界。
- □ **古诗义**　我愿生两翅，捕逐出八荒。
  　　　　——（唐）韩愈《调张籍》

■ 白　话　有钱也加不了多少分，没钱也掉不了多少价。
□ 古诗义　富贵不足以益，贫贱不足以损。
　　　　　——（先秦）《孔子家语》

■ 白　话　醉眼蒙眬，只想躺平。
□ 古诗义　醉来方欲卧，不觉晓鸡鸣。
　　　　　——（唐）孟浩然《寒夜张明府宅宴》

■ 白　话　举杯敬明月，也敬岁月。
□ 古诗义　人生如梦，一尊还酹江月。
　　　　　——（宋）苏轼《念奴娇》

■ 白　话　要下雪了，喝一杯！
□ 古诗义　晚来天欲雪，能饮一杯无？
　　　　　——（唐）白居易《问刘十九》

■ 白　话　定期打破信息茧房。
□ 古诗义　问渠那得清如许，为有源头活水来。
　　　　　——（宋）朱熹《观书有感二首》

■ 白　话　人生短暂，何必为难自己。
□ 古诗义　人生一世，草生一秋。
　　　　　——（明）施耐庵《水浒传》

■ 白　话　快乐就是哈哈哈哈哈。
□ 古诗义　人生开口笑，百年都几回。
　　　　　——（唐）白居易《喜友至留宿》

此生尽兴

■ 白　话　山珍海味有啥用？我只想喝醉。
□ 古诗义　钟鼓馔玉不足贵，但愿长醉不复醒。
　　　　　——（唐）李白《将进酒》

■ 白　话　人生聚散本无常，多见面吧！
□ 古诗义　人生在世间，聚散亦暂时。
　　　　　——（唐）杜甫《送殿中杨监赴蜀见相公》

■ 白　话　为什么总给自己添堵？
□ 古诗义　人生如寄，多忧何为？
　　　　　——（魏）曹丕《善哉行》

■ 白　话　生命就像烟火，绚烂过后归于平静。
□ 古诗义　人生纵百岁，忽若石火光。
　　　　　——（宋）王禹偁《闻鸦》

■ 白　话　给心灵放个假。
□ 古诗义　人生几何，谁能无偷？
　　　　　——（先秦）左丘明《左传》

■ 白　话　明天和意外不知哪个先来。
□ 古诗义　明日死生犹未必，新何缠裹过秋冬。
　　　　　——（宋）苏泂《金陵杂兴二百首》

■ 白　话　人生没什么不可放下。
□ 古诗义　有生必有死，早终非命促。
　　　　　——（晋）陶渊明《拟挽歌辞三首》

■ **白　话**　提刀去收复失地啊!
□ **古诗义**　男儿何不带吴钩,收取关山五十州。
　　　　　——(唐)李贺《南园十三首》

■ **白　话**　莫向外求,但从心觅。
□ **古诗义**　逍遥不外求,尘虑从兹泯。
　　　　　——(唐)钱起《自终南山晚归》

■ **白　话**　今晚举着灯看你,就怕一眨眼发现是做梦。
□ **古诗义**　今宵剩把银釭照,犹恐相逢是梦中。
　　　　　——(宋)晏几道《鹧鸪天》

■ **白　话**　还没玩够就老了。
□ **古诗义**　人生不得长欢乐,年少须臾老到来。
　　　　　——(唐)白居易《短歌行》

■ **白　话**　修身,修心。
□ **古诗义**　饭疏食,饮水,曲肱而枕之,乐亦在其中矣。
　　　　　——《论语》

■ **白　话**　身体是本钱,休息一下吧!
□ **古诗义**　人体欲得劳动,但不当使极尔。
　　　　　——(晋)陈寿《三国志》

■ **白　话**　健康生活是一场持久战。
□ **古诗义**　省啬淡泊,有久长之理,是可以养寿也。
　　　　　——(宋)罗大经《鹤林玉露》

■ 白　话　爱自己，但要注意节奏，慢慢爱。
□ 古诗义　人莫不爱其生，故莫不养其生。
　　　　　——（宋）杨万里《庸言》

■ 白　话　一辈子很短，学会享受生活。
□ 古诗义　人生天地之间，若白驹之过隙，忽然而已。
　　　　　——《庄子》

■ 白　话　人生没有撤回键。
□ 古诗义　雨落不上天，水覆难再收。
　　　　　——（唐）李白《妾薄命》

■ 白　话　爷的青春回来了！
□ 古诗义　老夫聊发少年狂，左牵黄，右擎苍。
　　　　　——（宋）苏轼《江城子》

■ 白　话　跟着感觉走。
□ 古诗义　乘兴而行，兴尽而返。
　　　　　——（南北朝）刘义庆《世说新语》

■ 白　话　不一定非往高处走，可以向四处去。
□ 古诗义　泻水置平地，各自东西南北流。
　　　　　——（南北朝）鲍照《拟行路难十八首》

■ 白　话　人生是旷野，一条轨道不行就去下一条。
□ 古诗义　一个浑身有几何，学书不就学兵戈。
　　　　　——（明）宋应星《怜愚诗四十二首》

■ **白　话**　把日子过明白。

□ **古诗文**　人生归有道，衣食固其端。

　　　　——（晋）陶渊明《庚戌岁九月中于西田获早稻》

■ **白　话**　拒绝被标签化。

□ **古诗文**　别人笑我忒疯癫，我笑他人看不穿。

　　　　——（明）唐寅《桃花庵歌》

■ **白　话**　该吃吃该喝喝，遇事别往心里搁。

□ **古诗文**　人生快意，但紫笋烹泉，银筝侑酒，此外总闲事。

　　　　——（清）朱彝尊《迈陂塘》

人间烟火

■ 白　话　早八人饥时贪粥，渴时恋汤。
□ 古诗文　饥闻麻粥香，渴觉云汤美。
　　　　　——（唐）白居易《七月一日作》

■ 白　话　我爱这人间，更爱这烟火气息。
□ 古诗文　入淮清洛渐漫漫。雪沫乳花浮午盏，蓼茸蒿笋试春盘。人间有味是清欢。
　　　　　——（宋）苏轼《浣溪沙》

■ 白　话　短短一生，追求的幸福莫过于此。
□ 古诗文　柴门寂寂黍饭馨，山家烟火春雨晴。
　　　　　——（唐）贯休《春晚书山家屋壁二首》

■ 白　话　烟火味才是生活味。
□ 古诗文　夜雨剪春韭，新炊间黄粱。
　　　　　——（唐）杜甫《赠卫八处士》

- **白　话**　街边的灯火,每一盏都藏着故事。
- **古诗义**　灯火钱塘三五夜,明月如霜,照见人如画。
  　　　——(宋)苏轼《蝶恋花》

- **白　话**　慢熬风花,细炖雪月,四方食事。
- **古诗义**　梅子金黄杏子肥,麦花雪白菜花稀。
  　　　——(宋)范成大《四时田园杂兴》

- **白　话**　一屋,两人,三餐,四季。
- **古诗义**　春有百花秋有月,夏有凉风冬有雪。
  　　　——(宋)无门慧开禅师《颂平常心是道》

- **白　话**　喜欢去热闹、有生活气息的地方。
- **古诗义**　天气乍凉人寂寞,光阴须得酒消磨。
  　　　——(宋)苏轼《浣溪沙》

- **白　话**　美景中藏有城中烟火味。
- **古诗义**　烟柳画桥,风帘翠幕,参差十万人家。
  　　　——(宋)柳永《望海潮》

- **白　话**　和家人在一起,就是最美丽的风景。
- **古诗义**　闲坐槐阴下,开襟向晚风。
  　　　——(唐)白居易《闲坐》

- **白　话**　平淡不是贫乏,是把日子放慢。
- **古诗义**　矮纸斜行闲作草,晴窗细乳戏分茶。
  　　　——(宋)陆游《临安春雨初霁》

人间烟火

- **白　话**　吃饱喝足精气神就来了!
- **古诗文**　食饱心自若,酒酣气益振。
  　　　　——(唐)白居易《轻肥》

- **白　话**　鸡鸣就是自然的"时光闹钟"。
- **古诗文**　雄鸡一声天下白。
  　　　　——(唐)李贺《致酒行》

- **白　话**　到哪里心中都有一处宁静的港湾。
- **古诗文**　此心安处是吾乡。
  　　　　——(宋)苏轼《定风波》

- **白　话**　干了这杯酒,从古到今悲欢离合都一样。
- **古诗文**　且醉尊前休怅望,古来悲乐与今同。
  　　　　——(唐)鱼玄机《和新及第悼亡诗二首》

- **白　话**　微醺的路灯和月光,跟晚归的梦想碰杯。
- **古诗文**　孤灯不明思欲绝,卷帷望月空长叹。
  　　　　——(唐)李白《长相思》

- **白　话**　坐在窗边读书,时光悠闲自在。
- **古诗文**　闲坐小窗读周易,不知春去几多时。
  　　　　——(宋)叶采《暮春即事》

- **白　话**　远亲不如近邻。
- **古诗文**　唯恐往还相厌贱,南家饮酒北家眠。
  　　　　——(唐)白居易《赠邻里往还》

■ **白　　话**　早市的瓜果沾着晨露，青红间浮起烟火。
□ **古诗义**　城中桃李愁风雨，春在溪头荠菜花。
　　　　——（宋）辛弃疾《鹧鸪天》

■ **白　　话**　淡酒，棋局，平凡中透着惬意。
□ **古诗义**　晚酒一两杯，夜棋三数局。
　　　　——（唐）白居易《郭虚舟相访》

■ **白　　话**　炊烟袅袅，人间烟火。
□ **古诗义**　山上层层桃李花，云间烟火是人家。
　　　　——（唐）刘禹锡《竹枝词九首》

■ **白　　话**　傍晚跟邻居唠唠家常。
□ **古诗义**　篱落隔烟火，农谈四邻夕。
　　　　——（唐）柳宗元《田家三首》

■ **白　　话**　雨水的滴答声，是时光韵律。
□ **古诗义**　雨声点滴朝复暮，中有诗人绝尘句。
　　　　——（宋）陆游《雨声》

■ **白　　话**　有时候少吃一顿没什么大不了。
□ **古诗义**　为食也，宁失之少，勿犯于多。
　　　　——（清）李渔《闲情偶寄》

■ **白　　话**　家的味道就在咫尺之间。
□ **古诗义**　布衣菜饭，可乐终身，不必作远游计也。
　　　　——（清）沈复《浮生六记》

- **白　话**　粗粮两升即可烹出满足身心的简朴之味。
- **古诗义**　二升畬粟香炊饭，一把畦菘淡煮羹。
　　　　——（宋）陆游《山居食每不肉戏作》

- **白　话**　南风吹拂，田野丰收。
- **古诗义**　夜来南风起，小麦覆陇黄。
　　　　——（唐）白居易《观刈麦》

- **白　话**　有客来访，围炉煮茶。
- **古诗义**　寒夜客来茶当酒，竹炉汤沸火初红。
　　　　——（宋）杜耒《寒夜》

- **白　话**　时光如流水，物是人已非。
- **古诗义**　闲云潭影日悠悠，物换星移几度秋。
　　　　——（唐）王勃《滕王阁序》

- **白　话**　繁华尽处，一间小屋，一条花路，安之若素。
- **古诗义**　茅檐长扫净无苔，花木成畦手自栽。
　　　　——（宋）王安石《书湖阴先生壁二首》

- **白　话**　醉后星河压梦。
- **古诗义**　醉后不知天在水，满船清梦压星河。
　　　　——（元）唐珙《题龙阳县青草湖》

- **白　话**　再忙也要回家吃饭。
- **古诗义**　柴门寂寂黍饭馨，山家烟火春雨晴。
　　　　——（唐）贯休《春晚书山家屋壁二首》

■ **白　话**　时光缓缓流淌，满是慵懒惬意。
□ **古诗义**　一杯晴雪早茶香，午睡方醒春昼长。
　　　　　——（宋）释祖钦《偈颂七十二首》

■ **白　话**　钻进暖烘烘的被窝，那些为生存而装上的努力便可扔到被窝外。
□ **古诗义**　溪柴火软蛮毡暖，我与狸奴不出门。
　　　　　——（宋）陆游《十一月四日风雨大作二首》

■ **白　话**　神仙生活。
□ **古诗义**　日上三竿我独眠，谁是神仙，我是神仙。
　　　　　——（元）张养浩《山坡羊》

■ **白　话**　管他世间浮云变幻，不如睡个安稳觉，吃顿安心饭。
□ **古诗义**　世事浮云何足问，不如高卧且加餐。
　　　　　——（唐）王维《酌酒与裴迪》

■ **白　话**　瓜果成熟，阵阵花香，悠然自得。
□ **古诗义**　山果熟，水花香，家家风景有池塘。
　　　　　——（五代）李珣《南乡子》

■ **白　话**　市井繁华，是人间最生动的烟火。
□ **古诗义**　鱼盐满市井，布帛如云烟。
　　　　　——（唐）李白《赠宣城宇文太守兼呈崔侍御》

- **白　　话**　秋高气爽,阳光明媚,米饭飘香,日子美好。
- **古诗文**　好是秋晴风日美,饭香云子炊如玉。
    ——(宋)沈瀛《满江红》

- **白　　话**　黎明时分,街上就开始忙碌起来了。
- **古诗文**　平明四城开,稍见市井喧。
    ——(唐)韦应物《登高望洛城作》

- **白　　话**　水乡生活宁静、简单,让人感到满足。
- **古诗文**　渡头烟火起,处处采菱归。
    ——(唐)王维《山居即事》

- **白　　话**　村屋依稀可见,上方飘荡着袅袅炊烟。
- **古诗文**　暧暧远人村,依依墟里烟。
    ——(晋)陶渊明《归园田居五首》

■ **白　话**　鸡鸭成群,庄稼喜人,生活安逸。
□ **古诗义**　鹅湖山下稻粱肥,豚栅鸡栖半掩扉。
　　　　　——(唐)王驾《社日》

■ **白　话**　一片丰收气息扑面而来。
□ **古诗义**　十里西畴熟稻香,槿花篱落竹丝长。
　　　　　——(宋)范成大《浣溪沙》

■ **白　话**　吃出自愈力。
□ **古诗义**　起居时,饮食节,寒暑适,则身利而寿命益。
　　　　　——《管子》

■ **白　话**　洒脱生活。
□ **古诗义**　天子呼来不上船,自称臣是酒中仙。
　　　　　——(唐)杜甫《饮中八仙歌》

■ **白　话**　夜市充斥着吆喝声,商品琳琅满目。
□ **古诗义**　夜市卖菱藕,春船载绮罗。
　　　　　——(唐)杜荀鹤《送人游吴》

■ **白　话**　喝上一杯刚暖的酒,身上也暖洋洋的。
□ **古诗义**　绿蚁新醅酒,红泥小火炉。
　　　　　——(唐)白居易《问刘十九》

■ **白　话**　伴着花香与书香,静享岁月。
□ **古诗义**　折得幽芳顿何许,纸窗书屋伴煎茶。
　　　　　——(宋)赵蕃《木犀四首》

人间烟火

- **白　话**　烟火"真味",是放下雕琢的素简。
- **古诗义**　野饭菜羹皆适口,一真滋味静中长。
   ——(明)陶宗仪《和董良史宪佥西郊草堂杂兴八首》

- **白　话**　酒足饭饱,在微微的醉意中睡去,好不惬意。
- **古诗义**　杯盘罢,争些醉煞,和月宿芦花。
   ——(元)赵显宏《满庭芳》

- **白　话**　家人闲坐,灯火可亲。
- **古诗义**　草草杯盘共笑语,昏昏灯火话平生。
   ——(宋)王安石《示长安君》

- **白　话**　有瓜有床有梦,要什么自行车?
- **古诗义**　沈李浮瓜冰雪凉。竹方床,针线慵拈午梦长。
   ——(宋)李重元《忆王孙》

- **白　话**　香桂花,脆核桃,白江米,好不美味。
- **古诗义**　桂花香馅裹胡桃,江米如珠井水淘。
   ——(清)符曾《上元竹枝词》

- **白　话**　远离城市喧嚣,回归田园。
- **古诗义**　尘心撇下,虚名不挂,种园桑枣团茅厦。
   ——(元)陈草庵《中吕》

■ **白　话**　节日将近，街头巷尾都是热闹的气息。
□ **古诗文**　箫鼓追随春社近，衣冠简朴古风存。
　　　　——（宋）陆游《游山西村》

■ **白　话**　天高云淡，阳光正好。
□ **古诗文**　鸟向檐上飞，云从窗里出。
　　　　——（南北朝）吴均《山中杂诗》

■ **白　话**　好酒引人醉。
□ **古诗文**　绿酒初尝人易醉，一枕小窗浓睡。
　　　　——（宋）晏殊《清平乐》

■ **白　话**　妻儿团聚，生活安稳。
□ **古诗文**　老妻画纸为棋局，稚子敲针作钓钩。
　　　　——（唐）杜甫《江村》

■ **白　话**　扑桃摘李，再也回不去的童年。
□ **古诗文**　西风梨枣山园，儿童偷把长竿。
　　　　——（宋）辛弃疾《清平乐》

■ **白　话**　烟火人间，美食是温暖的慰藉。
□ **古诗文**　鲈肥菰脆调羹美，荞熟油新作饼香。
　　　　——（宋）陆游《初冬绝句》

■ **白　话**　春风渐暖时，围炉煮茶，享受惬意时光。
□ **古诗文**　待到春风二三月，石垆敲火试新茶。
　　　　——（明）魏时敏《残年书事》

■ **白　话**　简单的食材也能带来快乐。
□ **古诗文**　鲜鲫银丝脍，香芹碧涧羹。
　　　　——（唐）杜甫《陪郑广文游何将军山林十首》

■ **白　话**　一桌人聚餐，谈天说地，这就是幸福。
□ **古诗文**　蓼芽蔬甲簇青红，盘箸纷纷笑语中。
　　　　——（宋）陆游《立春前七日闻有预作春盘邀客者戏作》

■ **白　话**　食材的新鲜本味，胜过一切复杂调料。
□ **古诗文**　采掇归来便堪煮，半铢盐酪不须添。
　　　　——（宋）陆游《对食戏作》

■ **白　话**　为了吃，让我留在当地也愿意。
□ **古诗文**　日啖荔枝三百颗，不辞长作岭南人。
　　　　——（宋）苏轼《食荔枝二首》

■ **白　话**　纵享佳肴。
□ **古诗文**　烹龙炮凤玉脂泣，罗帏绣幕围香风。
　　　　——（唐）李贺《将进酒》

■ **白　话**　这美景，无法用画笔完全描摹出神韵。
□ **古诗文**　春夏间，遍郊原桃杏繁，用尽丹青图画难。
　　　　——（元）佚名《贺圣朝》

■ **白　话**　长夏漫漫与文字为伴,春日悠悠在花下独酌。
□ **古诗文**　闭门觅句消长夏,载酒评花负好春。
　　　　——(清)许咏仁《柬王馨吾》

■ **白　话**　我输掉了血液,也输掉了睡眠。
□ **古诗文**　沈沈夏夜兰堂开,飞蚊伺暗声如雷。
　　　　——(唐)刘禹锡《聚蚊谣》

■ **白　话**　吃上粗茶淡饭就足够,哪敢追求美味珍馐。
□ **古诗文**　菽麦实所羡,孰敢慕甘肥。
　　　　——(晋)陶渊明《有会而作》

■ **白　话**　条件有限,粗茶淡饭也算有滋味。
□ **古诗文**　盘飧市远无兼味,樽酒家贫只旧醅。
　　　　——(唐)杜甫《客至》

■ **白　话**　穷人的孩子早当家。
□ **古诗文**　昼出耘田夜绩麻,村庄儿女各当家。
　　　　——(宋)范成大《四时田园杂兴》

■ **白　话**　把春天写活。
□ **古诗文**　西塞山前白鹭飞,桃花流水鳜鱼肥。
　　　　——(唐)张志和《渔歌子》

■ **白　话**　就地制作应季食材。
□ **古诗文**　夏来菰米饭,秋至菊花酒。
　　　　——(唐)储光羲《田家杂兴八首》

人间烟火

- ■ 白　话　早起出发赶考。
- □ 古诗义　才闻鸡唱呼童起，已有铃声过驿来。
  　　　　　——（唐）褚载《晓发》

- ■ 白　话　满桌美味，满眼山峦，沉醉在这人间美妙中。
- □ 古诗义　芳俎列佳肴，山罍满春青。
  　　　　　——（南北朝）孔欣《置酒高堂上》

- ■ 白　话　吃席，赏花，对饮。
- □ 古诗义　开琼筵以坐花，飞羽觞而醉月。
  　　　　　——（唐）李白《春夜宴从弟桃花园序》

- ■ 白　话　切鲤鱼烹虾羹，爆炒甲鱼再烤熊掌。
- □ 古诗义　脍鲤臇胎鰕，炮鳖炙熊蹯。
  　　　　　——（魏）曹植《名都篇》

- ■ 白　话　好一场奢华宴会。
- □ 古诗义　密炬瑶霞光颤酒。翠柏红椒，细剪青丝韭。
  　　　　　——（宋）黎廷瑞《蝶恋花》

- ■ 白　话　用松花酿酒，用春泉煮茶，别有滋味。
- □ 古诗义　山中何事，松花酿酒，春水煎茶。
  　　　　　——（元）张可久《人月圆》

- ■ 白　话　明月高悬，万家灯火，处处笙歌。
- □ 古诗义　万家灯火分明月，几处笙歌杂暖风。
  　　　　　——（元）王懋德《元宵》

■ **白 话** 油黄的鸡肉和紫红的螃蟹正好配酒畅饮,艳红的枫叶和青翠的山色正好作为美景。

□ **古诗文** 黄鸡紫蟹堪携酒,红树青山好放船。

——(清)吴伟业《追叙旧约》

■ **白 话** 一幅兼具自然柔美与世俗烟火的画卷。

□ **古诗文** 上林柳腰细,新丰酒径多。

——(南北朝)庾信《和人日晚景宴昆明池诗》

人间烟火

■ **白　话**　山水可治精神内耗。
□ **古诗义**　石作枕,醉为乡,藕花菱角满池塘。
　　　　　——(宋)向子諲《鹧鸪天》

■ **白　话**　享受自然的馈赠。
□ **古诗义**　临溪而渔,溪深而鱼肥。酿泉为酒,泉香而酒洌。
　　　　　——(宋)欧阳修《醉翁亭记》

■ **白　话**　乡村夏日,处处透着闲适与幽静。
□ **古诗义**　清江一曲抱村流,长夏江村事事幽。
　　　　　——(唐)杜甫《江村》

■ **白　话**　美食需要耐心,做饭要看火候。
□ **古诗义**　待他自熟莫催他,火候足时他自美。
　　　　　——(宋)苏轼《猪肉颂》

■ **白　话**　高端的食物往往只需要简单的烹饪。
□ **古诗义**　不须酱醋与椒盐,一遍香如一遍。
　　　　　——(元)马钰《西江月》

■ **白　话**　出门看花人从众。
□ **古诗义**　若待上林花似锦,出门俱是看花人。
　　　　　——(唐)杨巨源《城东早春》

情绪图谱

■ **白　话**　笑不活了!
□ **古诗义**　大笑同一醉,取乐平生年。
　　　　　　——(唐)李白《叙旧赠江阳宰陆调》

■ **白　话**　芜湖,起飞(最初为"呜呼,起飞!"表达兴奋之意)!
□ **古诗义**　仰天大笑出门去,我辈岂是蓬蒿人!
　　　　　　——(唐)李白《南陵别儿童入京》

■ **白　话**　退!退!退!
□ **古诗义**　硕鼠硕鼠,无食我黍!
　　　　　　——《诗经》

■ **白　话**　红温了。(形容愤怒、害羞等情绪)
□ **古诗义**　怒发冲冠,凭栏处、潇潇雨歇。
　　　　　　——(宋)岳飞《满江红》

■ **白　话**　丧!
□ **古诗义**　寻寻觅觅,冷冷清清,凄凄惨惨戚戚。
　　　　　　——(宋)李清照《声声慢》

■ **白　话**　人麻了(表达郁闷、无奈等情绪)。
□ **古诗义**　纵目徒多暇,驰心累发诚。
　　　　　　——(唐)许彬《府试莱城晴日望三山》

■ **白　话**　孤独,寂寞,冷……
□ **古诗义**　千山鸟飞绝,万径人踪灭。
　　　　　　——(唐)柳宗元《江雪》

■ **白　话**　贫穷限制了我的想象力。
□ **古诗义**　囊空恐羞涩，留得一钱看。
　　　　　——（唐）杜甫《空囊》

■ **白　话**　蚌埠住了。（"绷不住了"的谐音）
□ **古诗义**　抽刀断水水更流，举杯消愁愁更愁。
　　　　　——（唐）李白《宣州谢朓楼饯别校书叔云》

■ **白　话**　年年都有春天，可谁真能活到一百岁？
□ **古诗义**　一年始有一年春，百岁曾无百岁人。
　　　　　——（唐）崔敏童《宴城东庄》

■ **白　话**　愁绪如同江水绵绵不绝。
□ **古诗义**　问君能有几多愁？恰似一江春水向东流。
　　　　　——（五代）李煜《虞美人》

■ **白　话**　痛苦无人能懂。
□ **古诗义**　而今识尽愁滋味，欲说还休，欲说还休。
　　　　　——（宋）辛弃疾《丑奴儿》

■ **白　话**　一个人最好的修养是情绪稳定。
□ **古诗义**　卒然临之而不惊，无故加之而不怒。
　　　　　——（宋）苏轼《留侯论》

■ **白　话**　江上突然起风浪，渡口的人愁死了。
□ **古诗义**　江风白浪起，愁杀渡头人。
　　　　　——（唐）孟浩然《扬子津望京口》

情绪图谱

■ **白　话**　冷静后再考虑。
□ **古诗义**　怒不过夺，喜不过予。
　　　　　——《荀子》

■ **白　话**　离开家园六千里，在蛮荒之地硬撑了十二年。
□ **古诗义**　一身去国六千里，万死投荒十二年。
　　　　　——（唐）柳宗元《别舍弟宗一》

■ **白　话**　不跟你们争风头，爱比就比吧。
□ **古诗义**　无意苦争春，一任群芳妒。
　　　　　——（宋）陆游《卜算子》

■ **白　话**　学会包容他人。
□ **古诗义**　君子尊贤而容众，嘉善而矜不能。
　　　　　——《论语》

■ **白　话**　贫富不能移。
□ **古诗义**　君不见管鲍贫时交，此道今人弃如土。
　　　　　——（唐）杜甫《贫交行》

■ **白　话**　非暴力沟通。
□ **古诗义**　良言一句三冬暖，恶语伤人六月寒。
　　　　　——（明）佚名《增广贤文》

■ **白　话**　减少因外界事物影响而造成的情绪波动。
□ **古诗义**　不以物喜，不以己悲。
　　　　　——（宋）范仲淹《岳阳楼记》

■ **白　话**　看人家活得这么滋润，我默默唱起了过去的歌谣。

□ **古诗文**　即此羡闲逸，怅然吟《式微》。

——（唐）王维《渭川田家》

■ **白　话**　食不知味。

□ **古诗文**　停杯投箸不能食，拔剑四顾心茫然。

——（唐）李白《行路难三首》

■ **白　话**　自渡。

□ **古诗文**　行有不得，反求诸己。

——《孟子》

■ **白　话**　本来好好的,你一来又惹我伤心,结果还是要分开。
□ **古诗义**　何事来相感,又成新别离。
　　　　　——(唐)元稹《梦昔时》

■ **白　话**　淡定。
□ **古诗义**　宠辱不惊,闲看庭前花开花落;去留无意,漫随天外云卷云舒。
　　　　　——(明)洪应明《菜根谭》

■ **白　话**　不要为无意义的事消耗精神。
□ **古诗义**　勿以有限身,常供无尽愁。
　　　　　——(宋)陆游《还都》

■ **白　话**　借酒浇愁,可喝光千杯也解不了心里的苦。
□ **古诗义**　心断新丰酒,销愁斗几千。
　　　　　——(唐)李商隐《风雨》

■ **白　话**　果断舍弃那些消耗自己的人和事。
□ **古诗义**　不炼金丹不坐禅,不为商贾不耕田。
　　　　　——(明)唐寅《言志》

■ **白　话**　顺其自然,不要勉强。
□ **古诗义**　命里有时终须有,命里无时莫强求。
　　　　　——(明)佚名《增广贤文》

■ **白　话**　我的情绪我做主。
□ **古诗文**　此时情绪此时天,无事小神仙。
　　　　　——(宋)周邦彦《鹤冲天》

■ **白　话**　这就是格局。
□ **古诗文**　不畏浮云遮望眼,自缘身在最高层。
　　　　　——(宋)王安石《登飞来峰》

■ **白　话**　我懂你。
□ **古诗文**　我是人间惆怅客,知君何事泪纵横。
　　　　　——(清)纳兰性德《浣溪沙》

■ **白　话**　先睡一觉,没什么大不了。
□ **古诗文**　日长睡起无情思,闲看儿童捉柳花。
　　　　　——(宋)杨万里《闲居初夏午睡起》

■ **白　话**　以自己的方式做人做事。
□ **古诗义**　莫听穿林打叶声，何妨吟啸且徐行。
　　　　　——（宋）苏轼《定风波》

■ **白　话**　即使在谷底，也不要失去向光的本能。
□ **古诗义**　葵藿倾太阳，物性固莫夺。
　　　　　——（唐）杜甫《自京赴奉先县咏怀五百字》

■ **白　话**　看花哭完，春就没了。
□ **古诗义**　看花泪尽知春尽，魂断看花只恨春。
　　　　　——（唐）戎昱《感春》

■ **白　话**　喝醉了只顾高兴，哪有发愁的功夫。
□ **古诗义**　醉里且贪欢笑，要愁那得工夫。
　　　　　——（宋）辛弃疾《西江月》

■ **白　话**　江山易改，月色如初。
□ **古诗义**　百年短短兴亡别，与君犹对当时月。
　　　　　——（宋）刘辰翁《忆秦娥》

■ **白　话**　允许自己软弱，但要撑住。
□ **古诗义**　青冥亦自守，软弱强扶持。
　　　　　——（唐）杜甫《苦竹》

■ **白　话**　我的情绪在"感冒"。
□ **古诗义**　春如旧，人空瘦，泪痕红浥鲛绡透。
　　　　　——（宋）陆游《钗头凤》

■ **白　话**　"996"何时是个头？
□ **古诗义**　雨足高田白,披蓑半夜耕。
　　　　　——(唐)崔道融《田上》

■ **白　话**　你离开那天,整个世界都失去了颜色。
□ **古诗义**　相见时难别亦难,东风无力百花残。
　　　　　——(唐)李商隐《无题》

■ **白　话**　寂寞的时候,只有月亮陪着我。
□ **古诗义**　举杯邀明月,对影成三人。
　　　　　——(唐)李白《月下独酌四首》

情绪图谱

■ **白　话**　快乐不是拥有得多，而是计较得少。
□ **古诗文**　一箪食，一瓢饮，在陋巷，人不堪其忧，回也不改其乐。

——《论语》

■ **白　话**　窗前犯愁，叶落心凉。
□ **古诗文**　愁人正在书窗下，一片飞来一片寒。

——（唐）戴叔伦《小雪》

■ **白　话**　失落只是暂时的，阳光总在风雨后。
□ **古诗文**　山重水复疑无路，柳暗花明又一村。

——（宋）陆游《游山西村》

■ **白　话**　悲伤不是终点，而是成长的必经之路。
□ **古诗文**　千淘万漉虽辛苦，吹尽狂沙始到金。

——（唐）刘禹锡《浪淘沙九首》

■ **白　话**　有压力时不妨停下来看看远方。
□ **古诗文**　登东皋以舒啸，临清流而赋诗。

——（晋）陶渊明《归去来兮辞》

■ **白　话**　学会给灵魂解绑。
□ **古诗文**　白云满地江湖阔，著我逍遥自在行。

——（宋）黎庭瑞《金陵陈月观同年三首》

■ **白　话**　该关机的时候关机，与自己独处。
□ **古诗义**　兴来每独往，胜事空自知。
　　　　　——（唐）王维《终南别业》

■ **白　话**　享受看山看水看世界的自由。
□ **古诗义**　我是天公度外人，看山看水自由身。
　　　　　——（宋）陆游《独游城西诸僧舍》

■ **白　话**　落花，细雨，恰似我那如梦似幻的愁绪。
□ **古诗义**　自在飞花轻似梦，无边丝雨细如愁。
　　　　　——（宋）秦观《浣溪沙》

■ **白　话**　告别需要仪式感。
□ **古诗义**　劝君更尽一杯酒，西出阳关无故人。
　　　　　——（唐）王维《送元二使安西》

■ **白　话**　念旧是舍不得和过去的自己告别。
□ **古诗义**　无可奈何花落去，似曾相识燕归来。
　　　　　——（宋）晏殊《浣溪沙》

■ **白　话**　也许你该找个人聊聊。
□ **古诗义**　人到愁来无处会，不关情处总伤心。
　　　　　——（宋）黄庭坚《和陈君仪读太真外传五首》

■ **白　话**　做自己的心理医生。
□ **古诗义**　便作春江都是泪，流不尽，许多愁。
　　　　　——（宋）秦观《江城子》

情绪图谱

■ 白　话　送你离开，你消失在路的尽头。
□ 古诗义　山回路转不见君，雪上空留马行处。
　　　　——（唐）岑参《白雪歌送武判官归京》

■ 白　话　被嫉妒是因为你活成了别人想成为的样子。
□ 古诗义　众女嫉余之蛾眉兮，谣诼谓余以善淫。
　　　　——（先秦）屈原《离骚》

■ 白　话　人生来便多愁善感，与风月无关。
□ 古诗义　人生自是有情痴，此恨不关风与月。
　　　　——（宋）欧阳修《玉楼春》

■ 白　话　破防啦（突破防御，原为游戏术语）！
□ 古诗义　念天地之悠悠，独怆然而涕下。
　　　　——（唐）陈子昂《登幽州台歌》

■ 白　话　干饭人，干饭魂！
□ 古诗义　东门买彘骨，醯酱点橙薤。蒸鸡最知名，美不数鱼蟹。
　　　　——（宋）陆游《饭罢戏作》

■ 白　话　与其失眠焦虑，不如吃吃睡睡。
□ 古诗义　世事浮云何足问，不如高卧且加餐。
　　　　——（唐）王维《酌酒与裴迪》

■ **白　话**　人生苦短，我选甜筒。
□ **古诗义**　且尽眼中欢，莫叹时光促。
　　　　　——（宋）晏几道《生查子》

■ **白　话**　实在太伤感。
□ **古诗义**　莫道不销魂。帘卷西风，人比黄花瘦。
　　　　　——（宋）李清照《醉花阴》

■ **白　话**　天无涯地无边，我的愁绪也无边无际。
□ **古诗义**　天无涯兮地无边，我心愁兮亦复然。
　　　　　——（汉）蔡琰《胡笳十八拍》

■ **白　话**　柳丝如愁绪般纷乱绵长。
□ **古诗义**　一溪烟柳万丝垂，无因系得兰舟住。
　　　　　——（宋）周紫芝《踏莎行》

■ **白　话**　你走后，我心中的愁绪在寒雨中连绵不绝。
□ **古诗义**　寒雨连江夜入吴，平明送客楚山孤。
　　　　　——（唐）王昌龄《芙蓉楼送辛渐二首》

■ **白　话**　你问下次是哪次，我无法回答。
□ **古诗义**　君问归期未有期，巴山夜雨涨秋池。
　　　　　——（唐）李商隐《夜雨寄北》

■ **白　话**　泪如雨下，心如刀割。
□ **古诗义**　涕泪落如雨，肝肠痛似刀。
　　　　　——（唐）佚名《非所夜闻笛》

情绪图谱

- **白　话**　乡愁被点燃，情绪如潮水般涌来。
- **古诗文**　此夜曲中闻折柳，何人不起故园情。
  ——（唐）李白《春夜洛城闻笛》

- **白　话**　容颜寂寞，泪水纵横。
- **古诗文**　玉容寂寞泪阑干，梨花一枝春带雨。
  ——（唐）白居易《长恨歌》

- **白　话**　那漫天飞舞的花瓣，就像点滴的泪水。
- **古诗文**　细看来，不是杨花，点点是离人泪。
  ——（宋）苏轼《水龙吟》

- **白　话**　一切都成了过去式。
- **古诗文**　物是人非事事休，欲语泪先流。
  ——（宋）李清照《武陵春》

- **白　话**　人生愁苦，无从说起。
- **古诗文**　无言独上西楼，月如钩。
  ——（五代）李煜《相见欢》

- **白　话**　纵览山河时懂得与烦忧和解。
- **古诗文**　花明柳暗绕天愁，上尽重城更上楼。
  ——（唐）李商隐《夕阳楼》

- **白　话**　谁懂我的孤寂与哀愁？
- **古诗文**　纱窗日落渐黄昏，金屋无人见泪痕。
  ——（唐）刘方平《春怨》

■ 白　话　时光流逝，艰难历尽，愁肠百结。
□ 古诗义　艰难苦恨繁霜鬓，潦倒新停浊酒杯。
　　　　　——（唐）杜甫《登高》

■ 白　话　无尽的愁绪，让白发在岁月中疯长。
□ 古诗义　白发三千丈，缘愁似个长。
　　　　　——（唐）李白《秋浦歌十七首》

■ 白　话　我心愁苦。
□ 古诗义　剪不断，理还乱，是离愁。
　　　　　——（五代）李煜《相见欢》

■ 白　话　单薄小舟，载不动我内心忧愁。
□ 古诗义　只恐双溪舴艋舟，载不动许多愁。
　　　　　——（宋）李清照《武陵春》

■ 白　话　离别是为了更好的相见。
□ 古诗义　浩荡离愁白日斜，吟鞭东指即天涯。
　　　　　——（清）龚自珍《己亥杂诗》

■ 白　话　泪如流水，难掩心中的哀伤。
□ 古诗义　无限山河泪，谁言天地宽。
　　　　　——（明）夏完淳《别云间》

■ 白　话　对故乡的眷恋会伴随我们老去。
□ 古诗义　人生岂得长无谓，怀古思乡共白头。
　　　　　——（唐）李商隐《无题》

情绪图谱

■ **白　话**　他乡再美，终非故里。
□ **古诗义**　此乡非吾地，此郭非吾城。
　　　　　——（晋）张协《杂诗十首》

■ **白　话**　主人的热情好客能让客人宾至如归。
□ **古诗义**　但使主人能醉客，不知何处是他乡。
　　　　　——（唐）李白《客中行》

■ **白　话**　酒后更思乡。
□ **古诗义**　故乡何处是，忘了除非醉。
　　　　　——（宋）李清照《菩萨蛮》

■ **白　话**　分散各地的亲人共享一轮明月。
□ **古诗义**　共看明月应垂泪，一夜乡心五处同。
　　　　　——（唐）白居易《望月有感》

■ **白　话**　泪眼问落花可知我心意，落花不语。
□ **古诗义**　泪眼问花花不语，乱红飞过秋千去。
　　　　　——（宋）欧阳修《蝶恋花》

■ **白　话**　春天在一点点走远，心中不禁涌起忧伤。
□ **古诗义**　一片花飞减却春，风飘万点正愁人。
　　　　　——（唐）杜甫《曲江二首》

■ **白　话**　越靠近家乡，越是心生怯意。
□ **古诗义**　近乡情更怯，不敢问来人。
　　　　　——（唐）宋之问《渡汉江》

■ **白　话**　往事成空,仿佛梦境。

□ **古诗文**　长记秋晴望。往事已成空,还如一梦中。

　　　　　——(五代)李煜《子夜歌》

■ **白　话**　人是有感情的,想到悲痛的事,不禁流泪。

□ **古诗文**　人生有情泪沾臆,江水江花岂终极。

　　　　　——(唐)杜甫《哀江头》

■ **白　话**　当如观山海,化愁为沙砾。

□ **古诗文**　海畔尖山似剑铓,秋来处处割愁肠。

　　　　　——(唐)柳宗元《与浩初上人同看山寄京华亲故》

■ 白　话　故乡，是离家的人即使老去也放不下的牵挂。
□ 古诗文　少小离家老大回，乡音无改鬓毛衰。
　　　　——（唐）贺知章《回乡偶书二首》

■ 白　话　不忍心登高望远，若眺望到渺茫遥远的故乡，怕是难以收回归心。
□ 古诗文　不忍登高临远，望故乡渺邈，归思难收。
　　　　——（宋）柳永《八声甘州》

■ 白　话　外界的热闹与我无关。
□ 古诗文　独在异乡为异客，每逢佳节倍思亲。
　　　　——（唐）王维《九月九日忆山东兄弟》

■ 白　话　嘈杂的风雪声打破了思乡梦，让人心烦意乱。
□ 古诗文　风一更，雪一更，聒碎乡心梦不成，故园无此声。
　　　　——（清）纳兰性德《长相思》

■ 白　话　月亮还是故乡的最明亮。
□ 古诗文　露从今夜白，月是故乡明。
　　　　——（唐）杜甫《月夜忆舍弟》

■ 白　话　画出泪眼容易，写出心中郁结却很难。
□ 古诗文　泪眼描将易，愁肠画出难。
　　　　——（唐）薛媛《写真寄夫》

■ **白　话**　夕阳下，愁肠欲断的人还在远离故乡的天涯流浪。

□ **古诗文**　夕阳西下，断肠人在天涯。
　　　　　——（元）马致远《天净沙》

■ **白　话**　远离家乡，才知自己仍眷恋那里的一草一木。

□ **古诗文**　羁鸟恋旧林，池鱼思故渊。
　　　　　——（晋）陶渊明《归园田居五首》

■ **白　话**　杨柳依依，杨花似雪，可这美好春景却更添分别的愁绪。

□ **古诗文**　扬子江头杨柳春，杨花愁杀渡江人。
　　　　　——（唐）郑谷《淮上与友人别》

■ **白　话**　小小的身体，大大的愁绪。

□ **古诗文**　谁知一寸心，乃有万斛愁。
　　　　　——（南北朝）庾信《愁赋》

■ **白　话**　忙忙碌碌一生，到头来都是梦幻泡影。

□ **古诗文**　万事到头都是梦，休休，明日黄花蝶也愁。
　　　　　——（宋）苏轼《南乡子》

■ **白　话**　烦恼都是自找的。

□ **古诗文**　心之忧矣，自诒伊戚。
　　　　　——《诗经》

情绪图谱

- **白　话**　哑巴吃黄连,有苦说不出。
- **古诗文**　心思不能言,肠中车轮转。
    ——(汉)佚名《悲歌》

- **白　话**　心思细腻的人,自带愁丝。
- **古诗文**　夕阳芳草本无恨,才子佳人自多愁。
    ——(宋)晁补之《鹧鸪天》

- **白　话**　桃花凋落满地,无人珍惜,它又是为谁而开?
- **古诗文**　日暮风吹红满地,无人解惜为谁开?
    ——(唐)白居易《下邽庄南桃花》

- **白　话**　愁绪无法排解。
- **古诗文**　东风不为吹愁去,春日偏能惹恨长。
    ——(唐)贾至《春思二首》

- **白　话**　坦然接受生命的节奏。
- **古诗文**　乐天知命,故不忧。
    ——《易经》

- **白　话**　喝完这杯还有三杯,却没有一杯能真正消愁。
- **古诗文**　恨无千日酒,空断九回肠。
    ——(宋)刘彤《临江仙》

■ **白　话**　旧的遗憾没走,新的恨事又来。
□ **古诗义**　旧恨春江流不断,新恨云山千叠。
　　　　　——(宋)辛弃疾《念奴娇》

■ **白　话**　肠断心裂,悲痛欲绝。
□ **古诗义**　泣尽继以血,心摧两无声。
　　　　　——(唐)李白《古风五十九首》

■ **白　话**　喜忧参半。
□ **古诗义**　信当喜极翻愁误,物到难求得尚疑。
　　　　　——(清)黄景仁《感旧四首》

■ **白　话**　郁结苦闷无法解脱,愁肠百结难以舒展。
□ **古诗义**　心絓而不解兮,思蹇产而不释。
　　　　　——(先秦)屈原《哀郢》

■ **白　话**　花开花落,愁绪难解。
□ **古诗义**　何人把酒慰深幽,开自无聊落更愁。
　　　　　——(宋)苏轼《梅花二首》

■ **白　话**　愁得头发都白了。
□ **古诗义**　人言头上发,总向愁中白。
　　　　　——(宋)辛弃疾《菩萨蛮》

■ **白　话**　开心返乡。

□ **古诗文**　白日放歌须纵酒,青春作伴好还乡。

　　　　　——(唐)杜甫《闻官军收河南河北》

■ **白　话**　有些事,一旦做了就无法回头。

□ **古诗文**　早知今日事,悔不慎当初。

　　　　　——(宋)释普济《五灯会元》

■ **白　话**　愁结难解。
□ **古诗文**　刀不能剪心愁，锥不能解肠结。
　　　　　——（唐）白居易《啄木曲》

■ **白　话**　众人共享。
□ **古诗文**　朝日乐相乐，酣饮不知醉。
　　　　　——（汉）曹操《善哉行》

■ **白　话**　花鸟亦懂我的喜悦。
□ **古诗文**　花迎喜气皆知笑，鸟识欢心亦解歌。
　　　　　——（唐）王维《既蒙宥罪旋复拜官，伏感圣恩窃书鄙意，兼奉简新除使君等诸公》

■ **白　话**　世上快乐千千万，自己舒坦最自在。
□ **古诗文**　盖天下之乐无穷，而以适意为悦。
　　　　　——（宋）苏辙《武昌九曲亭记》

■ **白　话**　少被外界影响，是获得快乐的第一步。
□ **古诗文**　使其中坦然，不以物伤性，将何适而非快。
　　　　　——（宋）苏辙《黄州快哉亭记》

■ **白　话**　开心得找不着北。
□ **古诗文**　此间乐，不思蜀。
　　　　　——（晋）陈寿《三国志》

情绪图谱

■ **白　话**　来都来了。

□ **古诗义**　既来之，则安之。

　　　　　——《论语》

■ **白　话**　人生不过就是起起落落、落落起起。

□ **古诗义**　乐极则悲，悲极则乐。

　　　　　——（汉）刘安《淮南子》

■ **白　话**　高兴时精神抖擞，忧愁时无精打采。

□ **古诗文**　人逢喜事精神爽，闷上心来瞌睡多。

　　——（明）吴承恩《西游记》

■ **白　话**　快乐到飞起！

□ **古诗文**　不知手之舞之，足之蹈之。

　　——《毛诗序》

■ **白　话**　赢麻了（网络中对胜利、喜悦的夸张表达）！

□ **古诗文**　春风得意马蹄疾，一日看尽长安花。

　　——（唐）孟郊《登科后》

■ **白　话**　无所谓，没必要，不至于。

□ **古诗文**　生向空来，死从空去，有何喜、有何烦恼。

　　——（宋）倪君奭《夜行船》

情绪图谱

缱绻爱情

- **白　话**　陪伴是最长情的告白。
- **古诗义**　死生契阔,与子成说。执子之手,与子偕老。
　　　　　——《诗经》

- **白　话**　真正的感情无需依赖日常的形影不离。
- **古诗义**　两情若是久长时,又岂在朝朝暮暮。
　　　　　——(宋)秦观《鹊桥仙》

- **白　话**　入目无他人,四下皆是你。
- **古诗义**　窈窕淑女,君子好逑。
　　　　　——《诗经》

- **白　话**　有些相遇,注定惊艳时光。
- **古诗义**　金风玉露一相逢,便胜却人间无数。
　　　　　——(宋)秦观《鹊桥仙》

- **白　话**　你知道我在暗恋你吗?
- **古诗义**　山有木兮木有枝,心悦君兮君不知。
　　　　　——《越人歌》

- **白　话**　为了你,我愿意放弃一切。
- **古诗义**　问世间,情是何物,直教人生死相许。
　　　　　——(金)元好问《摸鱼儿》

- **白　话**　希望我们心意相通。
- **古诗义**　只愿君心似我心,定不负相思意。
　　　　　——(宋)李之仪《卜算子》

缱绻爱情

■ 白　话　想你，不论何时。

□ 古诗文　晓看天色暮看云，行也思君，坐也思君。

　　　　　——（明）唐寅《一剪梅》

■ 白　话　人心易变。

□ 古诗文　等闲变却故人心，却道故人心易变。

　　　　　——（清）纳兰性德《木兰花》

■ 白　话　如果世界的尽头是你，再荒芜我也不怕。

□ 古诗文　山无陵，江水为竭，冬雷震震，夏雨雪，天地合，乃敢与君绝。

　　　　　——（汉）佚名《上邪》

■ 白　话　见到你，怎么会不欢喜？

□ 古诗文　既见君子，云胡不喜？

　　　　　——《诗经》

■ 白　话　新年伊始，晨起仍贪恋片刻安眠。

□ 古诗文　元日家童催早起，起搔冷发惜残眠。

　　　　　——（宋）刘克庄《元日》

■ 白　话　一个眼神，我就知道你在想什么。

□ 古诗文　身无彩凤双飞翼，心有灵犀一点通。

　　　　　——（唐）李商隐《无题》

■ **白　话**　爱是一场修行。
□ **古诗文**　一重山，两重山。山远天高烟水寒，相思枫叶丹。
　　　　　——（五代）李煜《长相思》

■ **白　话**　为你付出再多也愿意。
□ **古诗文**　衣带渐宽终不悔，为伊消得人憔悴。
　　　　　——（宋）柳永《蝶恋花》

■ **白　话**　想化成一缕风，投进你的怀抱。
□ **古诗文**　愿为西南风，长逝入君怀。
　　　　　——（魏）曹植《七哀诗》

■ **白　话**　愿与你一生一世。
□ **古诗文**　愿得一心人，白头不相离。
　　　　　——（汉）卓文君《白头吟》

■ **白　话**　对你的思念翻越天涯海角。
□ **古诗文**　天涯地角有穷时，只有相思无尽处。
　　　　　——（宋）晏殊《玉楼春》

■ **白　话**　让彼此的光辉交相辉映，皎洁明亮。
□ **古诗文**　愿我如星君如月，夜夜流光相皎洁。
　　　　　——（宋）范成大《车遥遥篇》

■ **白　话**　一见钟情，相思成痴。
□ **古诗文**　有美人兮，见之不忘。一日不见兮，思之如狂。
　　　　　——（汉）司马相如《凤求凰》

缱绻爱情

■ **白　话**　对你的思念如江水般日夜不停。
□ **古诗义**　忆君心似西江水,日夜东流无歇时。
　　　　　——(唐)鱼玄机《江陵愁望寄子安》

■ **白　话**　离别的伤感,难以用语言表达。
□ **古诗义**　生怕离怀别苦,多少事、欲说还休。新来瘦,非干病酒,不是悲秋。
　　　　　——(宋)李清照《凤凰台上忆吹箫》

■ **白　话**　见过你的美好后,别人再无法替代。
□ **古诗义**　曾经沧海难为水,除却巫山不是云。
　　　　　——(唐)元稹《离思五首》

■ **白　话**　不想思念你,却已经是在思念你了。
□ **古诗义**　怕相思,已相思,轮到相思没处辞,眉间露一丝。
　　　　　——(明)俞彦《长相思》

■ **白　话**　你若不离,我便不弃。
□ **古诗义**　君当作磐石,妾当作蒲苇。蒲苇纫如丝,磐石无转移。
　　　　　——(汉)佚名《孔雀东南飞》

■ **白　话**　不知道何时何地已对你情根深种。
□ **古诗义**　情不知所起,一往而深。
　　　　　——(明)汤显祖《牡丹亭》

■ **白　话**　好好珍藏关于爱的记忆。
□ **古诗文**　从别后，忆相逢，几回魂梦与君同。
　　　　　——（宋）晏几道《鹧鸪天》

■ **白　话**　爱的无奈与挣扎。
□ **古诗文**　相见争如不见，有情何似无情。
　　　　　——（宋）司马光《西江月》

■ **白　话**　遇见那一刻，时间都仿佛停滞。
□ **古诗文**　有美一人，清扬婉兮。邂逅相遇，适我愿兮。
　　　　　——《诗经》

■ **白　话**　相遇本是缘分,却因分离而化作枷锁。
□ **古诗文**　早知如此绊人心,何如当初莫相识。
　　　　——(唐)李白《三五七言》

■ **白　话**　相思却不能语。
□ **古诗文**　山盟虽在,锦书难托。莫!莫!莫!
　　　　——(宋)陆游《钗头凤》

■ **白　话**　情丝缠绵悱恻。
□ **古诗文**　天不老,情难绝。心似双丝网,中有千千结。
　　　　——(宋)张先《千秋岁》

■ **白　话**　即便老了也不会忘记想你。
□ **古诗文**　老来多健忘,唯不忘相思。
　　　　——(唐)白居易《偶作寄朗之》

■ **白　话**　痛失所爱,内心已如止水。
□ **古诗文**　取次花丛懒回顾,半缘修道半缘君。
　　　　——(唐)元稹《离思五首》

■ **白　话**　分别的日子里,方知思念无尽。
□ **古诗文**　相恨不如潮有信,相思始觉海非深。
　　　　——(唐)白居易《浪淘沙》

■ **白　话**　心有不甘,却无可奈何。

□ **古诗义**　断钟残角,又送黄昏。奈心中事,眼中泪,意中人。

　　　　——(宋)张先《行香子》

■ **白　话**　单方面的付出是没有结果的。

□ **古诗义**　落花有意随流水,流水无情恋落花。

　　　　——(宋)释惟白《续传灯录》

缱绻爱情

■ **白　话**　为了你,茶饭不思。
□ **古诗文**　不茶不饭,不言不语,一味供他憔悴。
　　　　——(宋)蜀妓《鹊桥仙》

■ **白　话**　什么最苦?是痴情,也是无尽的思念。
□ **古诗文**　何处相思苦?纱窗醉梦中。
　　　　——(五代)李煜《谢新恩》

■ **白　话**　与你别后,很是凄凉。
□ **古诗文**　凄凉别后两应同,最是不胜清怨月明中。
　　　　——(清)纳兰性德《虞美人》

■ **白　话**　句句不提遗憾却全是遗憾。
□ **古诗文**　此情可待成追忆,只是当时已惘然。
　　　　——(唐)李商隐《锦瑟》

■ **白　话**　对你的思念,无处安放。
□ **古诗文**　一寸相思千万缕,人间没个安排处。
　　　　——(宋)李冠《蝶恋花》

■ **白　话**　真挚的情感,永远不会被磨灭。
□ **古诗文**　人生只有情难死。
　　　　——(清)文廷式《蝶恋花》

■ **白　话**　双向奔赴的爱情,才有意义。
□ **古诗文**　投我以木桃,报之以琼瑶。
　　　　——《诗经》

- **白　话**　佳人容貌绝美,魅力非凡。
- **古诗义**　一顾倾人城,再顾倾人国。
　　　　　——(汉)李延年《李延年歌》

- **白　话**　今生若无缘,只盼下辈子能在一起。
- **古诗义**　若是前生未有缘,待重结、来生愿。
　　　　　——(宋)乐婉《卜算子》

- **白　话**　想和你在夕阳下散散步,聊聊天。
- **古诗义**　月上柳梢头,人约黄昏后。
　　　　　——(宋)欧阳修《生查子》

- **白　话**　望着明月,为你送去暖意。
- **古诗义**　若似月轮终皎洁,不辞冰雪为卿热。
　　　　　——(清)纳兰性德《蝶恋花》

- **白　话**　想传递相思之情,却求而不得。
- **古诗义**　欲寄彩笺兼尺素,山长水阔知何处?
　　　　　——(宋)晏殊《蝶恋花》

- **白　话**　由爱生忧,由爱生惧。
- **古诗义**　由爱故生忧,由爱故生怖。
　　　　　——(唐)义净《妙色王求法偈》

- **白　话**　有缘无缘跟距离没关系。
- **古诗义**　有缘千里能相会,无缘对面不相逢。
　　　　　——(宋)九山书会《张协状元》

■ **白　话**　不在你左右,却被你左右。明明是我的心,为什么装的全是你?

□ **古诗义**　唤起思量,待不思量,怎不思量!
　　　　——(元)郑光祖《蟾宫曲》

■ **白　话**　爱一个人根本是藏不住的。

□ **古诗义**　此情无计可消除,才下眉头,却上心头。
　　　　——(宋)李清照《一剪梅》

■ **白　话**　我不找你,你怎么不主动联系我呢?

□ **古诗义**　青青子衿,悠悠我心。纵我不往,子宁不嗣音?
　　　　——《诗经》

■ **白　话**　你不在的日子里,再美的风景都失去了颜色。

□ **古诗义**　此去经年,应是良辰好景虚设。便纵有千种风情,更与何人说?
　　　　——(宋)柳永《雨霖铃》

■ **白　话**　这世上的有情人,哪能那么容易找到?

□ **古诗义**　易求无价宝,难得有心郎。
　　　　——(唐)鱼玄机《赠邻女》

■ **白　话**　曾以为感情能长久,却不料情多了容易薄情。

□ **古诗义**　人到情多情转薄,而今真个悔多情。
　　　　——(清)纳兰性德《山花子》

■ **白　话**　信仰与所爱冲突，到哪里去找两全其美的办法？

□ **古诗文**　世间安得两全法，不负如来不负卿。
　　　　——（清）仓央嘉措《不负如来不负卿》

■ **白　话**　智者不踏入爱河两次。

□ **古诗文**　王孙莫学多情客，自古多情损少年。
　　　　——（唐）温庭筠《和友人伤歌姬》

■ **白　话**　心动是最高级的美颜。

□ **古诗文**　色不迷人人自迷，情人眼里出西施。
　　　　——（清）黄增《集杭州俗语诗》

■ **白　话**　余生想牵着你的手，走遍每一个角落。

□ **古诗文**　在天愿作比翼鸟，在地愿为连理枝。
　　　　——（唐）白居易《长恨歌》

■ **白　话**　相思本无逻辑，无法用理性控制。

□ **古诗文**　平生不会相思，才会相思，便害相思。
　　　　——（元）徐再思《折桂令》

■ **白　话**　对你的情意，都藏在"仅对方可见"里。

□ **古诗文**　玲珑骰子安红豆，入骨相思知不知。
　　　　——（唐）温庭筠《新添声杨柳枝词》

■ **白　话**　得不到的永远在骚动。

□ **古诗文**　求之不得，寤寐思服。悠哉悠哉，辗转反侧。
　　　　　——《诗经》

■ **白　话**　被偏爱的都有恃无恐。

□ **古诗文**　君宠益娇态，君怜无是非。
　　　　　——（唐）王维《西施咏》

■ **白　话**　一页信纸，写满对你的深情。

□ **古诗文**　红笺小字，说尽平生意。
　　　　　——（宋）晏殊《清平乐》

■ **白　话**　执着与薄情。

□ **古诗文**　郎情柳叶短，妾意柳枝长。
　　　　　——（明）屈大均《柳枝词》

■ **白　话**　曾经熟悉的人不在，泪水潸然而下。

□ **古诗文**　不见去年人，泪湿春衫袖。
　　　　　——（宋）欧阳修《生查子》

■ **白　话**　秋风瑟瑟，思念的人可会听到我的心声，联系我？

□ **古诗文**　云中谁寄锦书来？雁字回时，月满西楼。
　　　　　——（宋）李清照《一剪梅》

■ **白　话**　思念太深，看万物都似你。

□ **古诗义**　相思一夜梅花发，忽到窗前疑是君。

　　　　——（唐）卢仝《有所思》

■ **白　话**　没有你在身边，这被窝无论如何都捂不暖。

□ **古诗义**　鸳鸯瓦冷霜华重，翡翠衾寒谁与共。

　　　　——（唐）白居易《长恨歌》

■ **白　话**　心上人在河水那一岸。

□ **古诗义**　蒹葭苍苍，白露为霜。所谓伊人，在水一方。

　　　　——《诗经》

■ **白　话**　苦酒入愁肠，流下相思泪。

□ **古诗义**　明月楼高休独倚，酒入愁肠，化作相思泪。

　　　　——（宋）范仲淹《苏幕遮》

■ **白　话**　在孤独中意识到平凡幸福的可贵。

□ **古诗义**　忽见陌头杨柳色，悔教夫婿觅封侯。

　　　　——（唐）王昌龄《闺怨》

■ **白　话**　爱情就像那易谢的花，说凋零就凋零，我的愁思如潺潺的溪流，源源不断。

□ **古诗义**　花红易衰似郎意，水流无限似侬愁。

　　　　——（唐）刘禹锡《竹枝词九首》

- **白　话**　哀愁难解。
- **古诗文**　青鸟不传云外信，丁香空结雨中愁。
    ——（五代）李璟《摊破浣溪沙》

- **白　话**　眷恋此刻的相聚，害怕分离的归途。
- **古诗文**　柔情似水，佳期如梦，忍顾鹊桥归路。
    ——（宋）秦观《鹊桥仙》

- **白　话**　把思念种在风里，希望它将我的梦与情意带给你。
- **古诗文**　南风知我意，吹梦到西洲。
    ——（南北朝）佚名《西洲曲》

- **白　话**　想见你，好难。
- **古诗文**　天长路远魂飞苦，梦魂不到关山难。
    ——（唐）李白《长相思》

- **白　话**　愿做一只燕，飞到你身边。
- **古诗文**　安得身轻如燕子，随风容易到君旁。
    ——（宋）黄氏女《赠潘用中》

- **白　话**　我们的故事就像加载到 99% 的进度条，没有结局。
- **古诗文**　天长地久有时尽，此恨绵绵无绝期。
    ——（唐）白居易《长恨歌》

■ 白　话　活着不能结合,死后也要和你作伴。
□ 古诗文　肠虽已断情难断,生不相从死亦从。
　　　　　——(元)刘翠翠《缝衣领诗》

■ 白　话　遗憾没有在嫁人之前遇见你。
□ 古诗文　还君明珠双泪垂,恨不相逢未嫁时。
　　　　　——(唐)张籍《节妇吟》

■ 白　话　我愿与你相爱,让这爱永不衰绝。
□ 古诗文　我欲与君相知,长命无绝衰。
　　　　　——(汉)佚名《上邪》

■ 白　话　珍惜眼前人。
□ 古诗文　人人要结后生缘,侬只今生结目前。
　　　　　——(清)黄遵宪《山歌》

■ 白　话　在飞雨落花的梦境里,追寻你的身影。
□ 古诗文　相寻梦里路,飞雨落花中。
　　　　　——(宋)晏几道《临江仙》

■ 白　话　没有你在身边,怎么高兴得起来?
□ 古诗文　不见君形影,何曾有欢悦?
　　　　　——(唐)郎大家宋氏《杂曲歌辞》

■ 白　话　听不见你的声音,怅然若失。
□ 古诗文　笑渐不闻声渐悄,多情却被无情恼。
　　　　　——(宋)苏轼《蝶恋花》

缱绻爱情

■ **白　话**　没人比我更懂你。
□ **古诗文**　换我心，为你心，始知相忆深。
　　　　　——（五代）顾敻《诉衷情》

■ **白　话**　流泪的双眼描绘起来容易，写出忧思郁结却很困难。
□ **古诗文**　泪眼描将易，愁肠写出难。
　　　　　——（唐）薛媛《写真寄夫》

■ **白　话**　活着就回来与心爱的人见面，死在异乡也永怀刻骨的思念。
□ **古诗文**　生当复来归，死当长相思。
　　　　　——（汉）苏武《留别妻》

■ **白　话**　和你在一起，一百年都不够。
□ **古诗文**　情双好，情双好，纵百岁犹嫌少。
　　　　　——（清）洪昇《长生殿》

■ **白　话**　思念像那不断的流水，无止无期。
□ **古诗文**　思君如流水，何有穷已时。
　　　　　——（汉）徐干《室思》

■ **白　话**　感情不契合，被人说合也白白受累。
□ **古诗文**　心不同兮媒劳，恩不甚兮轻绝。
　　　　　——（先秦）屈原《九歌》

- **白　话**　愿拼尽一生,博得和你共享今日的快乐。
- **古诗义**　甘作一生拼,尽君今日欢。
　　　　　——(五代)牛峤《菩萨蛮》

- **白　话**　虽然仅一水之隔,却只能脉脉含情相视。
- **古诗义**　盈盈一水间,脉脉不得语。
　　　　　——(汉)佚名《古诗十九首》

- **白　话**　无情不会像有情那样苦恼,一寸相思都会化作千万缕愁情。
- **古诗义**　无情不似多情苦,一寸还成千万缕。
　　　　　——(宋)晏殊《玉楼春》

- **白　话**　我的心像松柏一样坚贞,你又如何呢?
- **古诗义**　我心如松柏,君情复何似。
　　　　　——(南北朝)佚名《子夜四时歌》

- **白　话**　婚姻的真相。
- **古诗义**　但见新人笑,那闻旧人哭。
　　　　　——(唐)杜甫《佳人》

- **白　话**　愿你百岁无忧,愿我安然无恙,永不分离。
- **古诗义**　一愿郎君千岁,二愿妾身常健,三愿如同梁上燕,岁岁长相见。
　　　　　——(五代)冯延巳《长命女》

缱绻爱情

- ■ **白　话**　且以情深共白头。
- □ **古诗文**　好个一江春水,深来不似情深。
    ——(金)元好问《朝中措》

- ■ **白　话**　一个悲伤的爱情故事。
- □ **古诗文**　可怜无定河边骨,犹是春闺梦里人。
    ——(唐)陈陶《陇西行四首》

- ■ **白　话**　成为夫妻是十分难得的缘分。
- □ **古诗文**　百世修来同船渡,千世修来共枕眠。
    ——(明)佚名《增广贤文》

■ **白　话**　愿感情如北斗星，千万年不转移。
□ **古诗文**　侬作北辰星，千年无转移。
　　　　　——（晋）佚名《子夜歌》

■ **白　话**　守着这一方天地，满心期盼只等你归来。
□ **古诗文**　柳条折尽花飞尽，借问行人归不归。
　　　　　——（隋）佚名《送别诗》

■ **白　话**　我对你一片深情厚意，希望你也一样。
□ **古诗文**　既厚不为薄，想君时见思。
　　　　　——（汉）徐干《室思》

■ **白　话**　早知道结局是这样，当初就该一个人走。
□ **古诗文**　早知半路应相失，不如从来本独飞。
　　　　　——（南北朝）萧纲《夜望单飞雁诗》

■ **白　话**　泪痕斑斑，却不知道是因为谁。
□ **古诗文**　但见泪痕湿，不知心恨谁。
　　　　　——（唐）李白《怨情》

■ **白　话**　和心爱的人厮守，死去也心甘情愿。
□ **古诗文**　得成比目何辞死，愿作鸳鸯不羡仙。
　　　　　——（唐）卢照邻《长安古意》

缱绻爱情

■ 白　话　宁愿像那连根的秋草，和在乎的人一起面对生死。

□ 古诗文　愿为连根同死之秋草，不作飞空之落花。
——（唐）李白《代寄情楚词体》

■ 白　话　怎么办呢，天下的人那么多，我却偏偏只为你空虚寂寞。

□ 古诗文　奈何许，天下人何限，慊慊只为汝。
——（南北朝）佚名《华山畿》

■ 白　话　和意中人在一起，花鸟都仿佛有了灵性。

□ 古诗文　意中人，人中意，则那些无情花鸟也情痴。
——（清）洪昇《长生殿》

■ 白　话　思念随着月光照耀着你。

□ 古诗文　此时相望不相闻，愿逐月华流照君。
——（唐）张若虚《春江花月夜》

■ 白　话　除了梦里，何时才能与你相见？

□ 古诗文　情知梦无益，非梦见何期。
——（唐）元稹《江陵三梦》

■ 白　话　彼此相思却不知何日相见，此时此刻相思之情难以承受。

□ 古诗文　相思相见知何日，此时此夜难为情。
——（唐）李白《三五七言》

- **白　话**　连月亮都知道我在思念你。
- **古诗文**　江月知人念远,上楼来照黄昏。
    ——(宋)秦观《木兰花慢》

- **白　话**　盼他能回到身边,像树枝能留住风筝那样。
- **古诗文**　愿得上林枝,为妾萦留住。
    ——(宋)许棐《乐府》

- **白　话**　缘分天注定。
- **古诗文**　良缘由夙缔,佳偶自天成。
    ——(明)程登吉《幼学琼林》

- **白　话**　才一天,好像好久没见到你。
- **古诗文**　一日不见,如三秋兮。
    ——《诗经》

- **白　话**　江水的深度、山峦的重量,都不如心中那份浓浓的情意。
- **古诗文**　人生无物比多情,江水不深山不重。
    ——(宋)张先《木兰花》

- **白　话**　深情让文字失去色彩。
- **古诗文**　渐写到别来,此情深处,红笺为无色。
    ——(宋)晏几道《思远人》

缱绻爱情

■ **白　话**　我如此思念你,你却一无所知。
□ **古诗义**　凝恨对残晖,忆君君不知。
　　　　　——(唐)韦庄《菩萨蛮》

■ **白　话**　你饱含爱意的一次回眸,让我瞬间流泪。
□ **古诗义**　直缘感君恩爱一回顾,使我双泪长珊珊。
　　　　　——(唐)卢仝《楼上女儿曲》

■ **白　话**　情感深藏于心,永不磨灭。
□ **古诗义**　中心藏之,何日忘之。
　　　　　——《诗经》

■ **白　话**　想你想得人都消瘦了。
□ **古诗义**　思君如满月,夜夜减清辉。
　　　　　——(唐)张九龄《赋得自君之出矣》

■ **白　话**　人生中,唯有感情是难以磨灭的存在。
□ **古诗义**　重叠泪痕缄锦字,人生只有情难死。
　　　　　——(清)文廷式《蝶恋花》

■ **白　话**　等消息等到手机包浆。
□ **古诗义**　终日望夫夫不归,化为孤石苦相思。
　　　　　——(唐)刘禹锡《望夫石》

■ **白　话**　爱,是双方心意的深度契合。
□ **古诗义**　心心复心心,结爱务在深。
　　　　　——(唐)孟郊《结爱》

■ **白　话**　一键能清空聊天记录，却清不掉想你的思绪。
□ **古诗文**　从来夸有龙泉剑，试割相思得断无。
　　　　　——（唐）张氏《寄夫》

■ **白　话**　只有枕头上的泪痕能证明我有多想你。
□ **古诗文**　惟有枕前相思泪，背灯弹了依前满。
　　　　　——（宋）柳永《满江红》

■ **白　话**　你的身影曾倒映在这一桥春水之下。
□ **古诗文**　伤心桥下春波绿，曾是惊鸿照影来。
　　　　　——（宋）陆游《沈园二首》

金石之言

■ **白　话**　他人的评价勾勒不出万分之一的你。
□ **古诗文**　举世誉之而不加劝,举世非之而不加沮。
　　　　　——《庄子》

■ **白　话**　当潮水退去,你才是自己的岸。
□ **古诗文**　钱塘江上潮信来,今日方知我是我。
　　　　　——(明)施耐庵《水浒传》

■ **白　话**　自律给我自由。
□ **古诗文**　克己复礼为仁。一日克己复礼,天下归仁焉。
　　　　　——《论语》

■ **白　话**　想要成功,就要马上行动。
□ **古诗文**　及时当勉励,岁月不待人。
　　　　　——(晋)陶渊明《杂诗十二首》

■ **白　话**　停止内耗。
□ **古诗文**　莫思身外无穷事,且尽生前有限杯。
　　　　　——(唐)杜甫《绝句漫兴九首》

■ **白　话**　少与人纠缠,多去看看大自然。
□ **古诗文**　不问人间事,忘机过此生。
　　　　　——(唐)温庭筠《赠隐者》

■ **白　话**　坚持自我,做最好的自己。
□ **古诗文**　我与我周旋久,宁作我。
　　　　　——(南北朝)刘义庆《世说新语》

金石之言

■ **白　话**　肉体可灭，信念永存。
□ **古诗文**　我自横刀向天笑，去留肝胆两昆仑。
　　　　——（清）谭嗣同《狱中题壁》

■ **白　话**　天大的事，最终不过是茶余饭后的谈资。
□ **古诗文**　古今多少事，都付笑谈中。
　　　　——（明）杨慎《临江仙》

■ **白　话**　与其排斥既成事实，不如顺其自然接受它。
□ **古诗文**　聊乘化以归尽，乐夫天命复奚疑！
　　　　——（晋）陶渊明《归去来兮辞》

■ **白　话**　内在精神独立后，对外界自然能淡然处之。
□ **古诗文**　陶然无喜亦无忧，人生且自由。
　　　　——（宋）张抡《阮郎归》

■ **白　话**　创造机会的人是勇者，等待机会的人是庸者。
□ **古诗文**　君子藏器于身，待时而动。
　　　　——《易经》

■ **白　话**　实践是检验真理的唯一标准。
□ **古诗文**　纸上得来终觉浅，绝知此事要躬行。
　　　　——（宋）陆游《冬夜读书示子聿》

■ **白　话**　机遇往往在不经意间出现。
□ **古诗文**　踏破铁鞋无觅处，得来全不费工夫。
　　　　——（宋）夏元鼎《绝句》

- **白　话**　不说是非，就可以免除很多麻烦。
- **古诗文**　吉人之辞寡，躁人之辞多。
　　　　　——《易经》

- **白　话**　有道德的人是不会孤单的。
- **古诗文**　德不孤，必有邻。
　　　　　——《论语》

- **白　话**　即便再困难也要积极面对。
- **古诗文**　穷且益坚，不坠青云之志。
　　　　　——（唐）王勃《滕王阁序》

- **白　话**　各自努力，顶峰相见！
- **古诗文**　一鸣从此始，相望青云端。
　　　　　——（唐）刘禹锡《送韦秀才道冲赴制举》

- **白　话**　不轻易许诺，答应了的事一定要做。
- **古诗文**　言必信，行必果，硁硁然小人哉。
　　　　　——《论语》

- **白　话**　对他人不善，必得不偿失。
- **古诗文**　天作孽，犹可违；自作孽，不可活。
　　　　　——《尚书》

- **白　话**　发财靠脑子活，不是靠卖苦力。
- **古诗文**　富在术数，不在劳身；利在势居，不在力耕也。
　　　　　——（汉）桓宽《盐铁论》

金石之言

■ **白　话**　少同话多的人交往，少与多动的人相处。
□ **古诗义**　多言不可与远谋，多动不可与久处。
　　　　　——（隋）王通《中说》

■ **白　话**　允许别人炫耀，就像允许河流经过。
□ **古诗义**　海纳百川，有容乃大。
　　　　　——（清）林则徐自勉联

■ **白　话**　豁出命去，也得留个清白名声！
□ **古诗义**　粉身碎骨全不怕，要留清白在人间。
　　　　　——（明）于谦《石灰吟》

■ **白　话**　人生建议：少听建议。
□ **古诗义**　万事都来身外，一毫不置胸中。
　　　　　——（宋）吕陶《即事五首》

■ **白　话**　三年学说话，一生学闭嘴。
□ **古诗义**　不可以一时之得意，而自夸其能。
　　　　　——（明）冯梦龙《警世通言》

■ **白　话**　你的形象价值百万。
□ **古诗义**　人而无仪，不死何为？
　　　　　——《诗经》

■ **白　话**　不要在背后说人坏话。
□ **古诗义**　君子不蔽人之美，不言人之恶。
　　　　　——《韩非子》

■ 白　话　懂得拒绝。
□ 古诗文　志士不饮盗泉之水，廉者不受嗟来之食。
　　　　——（南北朝）范晔《后汉书》

■ 白　话　十年河东，十年河西。
□ 古诗文　旧时王谢堂前燕，飞入寻常百姓家。
　　　　——（唐）刘禹锡《乌衣巷》

■ 白　话　沉默倾听比滔滔不绝更重要。
□ 古诗文　万言万当，不如一默。
　　　　——（宋）黄庭坚《赠张叔和》

■ 白　话　等待只能收获空虚，要主动出击。
□ 古诗文　坐观垂钓者，徒有羡鱼情。
　　　　——（唐）孟浩然《望洞庭湖赠张丞相》

■ 白　话　保持适当的神秘感。
□ 古诗文　千呼万唤始出来，犹抱琵琶半遮面。
　　　　——（唐）白居易《琵琶行》

■ 白　话　机会来临，毫不犹豫地伸手抓住。
□ 古诗文　时来天地皆同力，运去英雄不自由。
　　　　——（唐）罗隐《筹笔驿》

■ 白　话　成长是带着遗憾的和解。
□ 古诗文　人生若只如初见，何事秋风悲画扇。
　　　　——（清）纳兰性德《木兰花》

■ **白　话**　少立 Flag（英文原为旗帜，现多指目标或计划）。

□ **古诗文**　夫轻诺必寡信，多易必多难。
　　　　　——《道德经》

■ **白　话**　别人即使是帮小忙，也要记得立刻还人情。

□ **古诗文**　往而不来，非礼也。
　　　　　——（汉）戴圣《礼记》

■ **白　话**　有骨气的都比较穷。

□ **古诗文**　自古圣贤尽贫贱，何况我辈孤且直！
　　　　　——（南北朝）鲍照《拟行路难十八首》

- ■ **白 话** 懂得退让也是智慧,以退为进方得长久。
- □ **古诗义** 处世让一步为高,退步即进步的张本。
    ——(明)洪应明《菜根谭》

- ■ **白 话** 要知道自己有几斤几两。
- □ **古诗义** 力微休负重,言轻莫劝人。
    ——(明)佚名《增广贤文》

- ■ **白 话** 阳谋胜天半子。
- □ **古诗义** 大智若愚,大巧若拙。
    ——《道德经》

- ■ **白 话** 病痛有所缓解。
- □ **古诗义** 病作日短至,病消秋气初。
    ——(宋)苏辙《复病三首》

- ■ **白 话** 人际交往的艺术。
- □ **古诗义** 水至清则无鱼,人至察则无徒。
    ——(汉)戴德《大戴礼记》

- ■ **白 话** 止学的智慧。
- □ **古诗义** 知足不辱,知止不殆。
    ——《道德经》

- ■ **白 话** 理想随着岁月化为泡影。
- □ **古诗义** 塞上长城空自许,镜中衰鬓已先斑。
    ——(宋)陆游《书愤五首》

金石之言

■ **白　话**　世态炎凉。
□ **古诗义**　富贵则就之，贫贱则去之。
　　　　　——（汉）刘向《战国策》

■ **白　话**　人情冷暖，有时随地位高低变化。
□ **古诗义**　世情看冷暖，人面逐高低。
　　　　　——（宋）释崇岳《颂古二十五首》

■ **白　话**　与人交往不为名利，不尚虚华。
□ **古诗义**　君子之交淡若水，小人之交甘若醴。
　　　　　——《庄子》

■ **白　话**　情商高，自会遇到知音。
□ **古诗义**　莫愁前路无知己，天下谁人不识君。
　　　　　——（唐）高适《别董大》

■ **白　话**　交朋友不必太在意年龄、身份、地位。
□ **古诗义**　人生交契无老少，论交何必先同调。
　　　　　——（唐）杜甫《徒步归行》

■ **白　话**　国家利益高于一切。
□ **古诗义**　苟利国家生死以，岂因祸福避趋之。
　　　　　——（清）林则徐《赴戍登程口占示家人二首》

■ **白　话**　学会换位思考、推己及人。
□ **古诗义**　己所不欲，勿施于人。
　　　　　——《论语》

■ **白　话**　骄傲易招致损害,谦虚才得到益处。
□ **古诗义**　满招损,谦受益。
　　　　　——《尚书》

■ **白　话**　坚守高洁,不轻易随波逐流。
□ **古诗义**　举世混浊而我独清,众人皆醉而我独醒。
　　　　　——(汉)司马迁《屈原列传》

■ **白　话**　以史为鉴,避免重蹈覆辙。
□ **古诗义**　前事之不忘,后事之师。
　　　　　——(汉)刘向《战国策》

■ **白　话**　坚持正义,能得到多方的支持与帮助。
□ **古诗义**　得道者多助,失道者寡助。
　　　　　——《孟子》

- **白　话**　物质基础影响道德修养。
- **古诗文**　仓廪实而知礼节，衣食足而知荣辱。
  　　　　——《管子》

- **白　话**　居安思危。
- **古诗文**　生于忧患，死于安乐。
  　　　　——《孟子》

- **白　话**　人与人、物与物、事与事，是有差异的。
- **古诗文**　夫尺有所短，寸有所长，物有所不足，智有所不明，数有所不逮，神有所不通。
  　　　　——（先秦）屈原《卜居》

- **白　话**　经过时间检验的真情最珍贵。
- **古诗文**　路遥知马力，日久见人心。
  　　　　——（元）佚名《争报恩》

- **白　话**　识人需辨真伪，勿被表象迷惑。
- **古诗文**　周公恐惧流言日，王莽谦恭未篡时。
  　　　　——（唐）白居易《放言》

- **白　话**　为了国家，冲啊！
- **古诗文**　捐躯赴国难，视死忽如归。
  　　　　——（魏）曹植《白马篇》

■ **白　话**　亲密关系也要有微妙边界感。
□ **古诗义**　至高至明日月，至亲至疏夫妻。
　　　　　——（唐）李冶《八至》

■ **白　话**　搬弄是非的人，本身就是是非之源。
□ **古诗义**　来说是非者，便是是非人。
　　　　　——（宋）释师观《颂古三十三首》

■ **白　话**　不要以貌取人。
□ **古诗义**　人不可貌相，海水不可斗量。
　　　　　——（明）冯梦龙《醒世恒言》

■ **白　话**　保持善良的同时，需警惕他人。
□ **古诗义**　害人之心不可有，防人之心不可无。
　　　　　——（明）佚名《增广贤文》

■ **白　话**　历经磨难，成就卓越。
□ **古诗义**　吃得苦中苦，方为人上人。
　　　　　——（明）冯梦龙《警世通言》

■ **白　话**　远离是非。
□ **古诗义**　是非终日有，不听自然无。
　　　　　——（明）佚名《增广贤文》

■ **白　话**　了解他人，了解自己，战胜他人，战胜自己。
□ **古诗义**　知人者智，自知者明。胜人者有力，自胜者强。
　　　　　——《道德经》

金石之言

■ **白　话**　与人交往需谨慎，不可毫无保留。

□ **古诗义**　逢人且说三分话，未可全抛一片心。

　　　　　　——（明）佚名《增广贤文》

■ **白　话**　珍视老朋友。

□ **古诗义**　衣不如新，人不如故。

　　　　　　——（汉）佚名《古艳歌》

■ **白　话**　与人交往不卑不亢，平等相待。

□ **古诗义**　上交不谄，下交不渎。

　　　　　　——《易经》

■ **白　话**　多交正直、诚信、博学的朋友。

□ **古诗义**　友直，友谅，友多闻，益矣。

　　　　　　——《论语》

■ **白　话**　借财色交的朋友，友谊不会长久。

□ **古诗义**　以财交者，财尽则交绝；以色交者，华落而爱渝。

　　　　　　——（汉）刘向《战国策》

■ **白　话**　善用资源，占据有利位置。

□ **古诗义**　近水楼台先得月，向阳花木易为春。

　　　　　　——（宋）苏麟《断句》

■ **白　话**　以权势交友，失去权势交情会断绝；以利益交友，利益尽了交情会结束。

□ **古诗义**　以势交者，势倾则绝；以利交者，利穷则散。

——（隋）王通《中说》

■ **白　话**　处世利他，世道才能循环不息。

□ **古诗义**　落红不是无情物，化作春泥更护花。

——（清）龚自珍《己亥杂诗》

■ **白　话**　过分讨好别人，会招来羞辱。

□ **古诗义**　事君数，斯辱矣；朋友数，斯疏矣。

——《论语》

■ **白　话**　人生最好的祛魅方式是建立自己的秩序。

□ **古诗义**　心安身自安，身安室自宽。心与身俱安，何事能相干？

——（宋）邵雍《心安吟》

■ **白　话**　你要活成一束光。

□ **古诗义**　少年辛苦终身事，莫向光阴惰寸功。

——（唐）杜荀鹤《题弟侄书堂》

■ **白　话**　生命是有限的，知识是无限的。

□ **古诗义**　吾生也有涯，而知也无涯。

——《庄子》

■ 白　话　年轻的时候虚度光阴,年老了就于事无补。
□ 古诗文　青春虚度无所成,白首衔悲亦何及。
　　　　　——(唐)权德舆《放歌行》

■ 白　话　只学习不思考,人就会惘然无知;只思考不学习,人就会精神疲劳。
□ 古诗文　学而不思则罔,思而不学则殆。
　　　　　——《论语》

■ 白　话　能成为有作为的人,是因为肚子里有点墨水。
□ 古诗文　人之能为人,由腹有诗书。
　　　　　——(唐)韩愈《符读书城南》

■ 白　话　不懂就学习,不了解就询问。
□ 古诗文　不能则学,不知则问,虽知必让,然后为知。
　　　　　——(汉)韩婴《韩诗外传》

■ 白　话　为人真诚笃实,自然感召人心。
□ 古诗文　桃李不言,下自成蹊。
　　　　　——(汉)司马迁《史记》

■ 白　话　做好事会积累很多福气,衰败却是瞬间的事。
□ 古诗文　积善有余庆,荣枯立可须。
　　　　　——(魏)曹植《赠丁廙》

■ **白　话**　世上不缺厉害的人，不要骄傲自大。

□ **古诗义**　强中更有强中手，莫向人前满自夸。

　　　　——（明）冯梦龙《警世通言》

■ **白　话**　因别人的话而对你好的人，也会因别人的话怪罪你。

□ **古诗义**　以人言善我，必以人言罪我。

　　　　——《韩非子》

■ **白　话**　不要同羞辱弱者的人成为朋友。

□ **古诗义**　结交莫羞贫，羞贫友不成。

　　　　——（汉）无名氏《古诗二首》

■ **白　话**　人固有一死，但要死得有气节。

□ **古诗义**　人生自古谁无死？留取丹心照汗青。

　　　　——（宋）文天祥《过零丁洋》

■ **白　话**　让过去过去，让开始开始。

□ **古诗义**　悟已往之不谏，知来者之可追。

　　　　——（晋）陶渊明《归去来兮辞》

■ **白　话**　静心的智慧。

□ **古诗义**　非淡泊无以明志，非宁静无以致远。

　　　　——（三国）诸葛亮《诫子书》

金石之言

- **白　话**　追求内心的安宁比迎合他人更重要。
- **古诗文**　结庐在人境，而无车马喧。问君何能尔？心远地自偏。
  ——（晋）陶渊明《饮酒二十首》

- **白　话**　看过去的事情，可以让我们知道今日的对错。
- **古诗文**　明镜所以照形，古事所以知今。
  ——（汉）韩婴《韩诗外传》

- **白　话**　向有贤德的人学习，在没贤德的人身上自省。
- **古诗文**　贤思齐焉，见不贤而内自省也。
  ——《论语》

- **白　话**　遇事少冲动，多盘一盘（盘算，梳理）。
- **古诗文**　三思而后行。
  ——《论语》

- **白　话**　做任何事，除了谨慎还是谨慎。
- **古诗文**　慎终如始，则无败事。
  ——《道德经》

- **白　话**　做人问心无愧，身正不怕影子歪，天天睡好觉。
- **古诗文**　君子独立不惭于影，独寝不惭于魂。
  ——《晏子春秋》

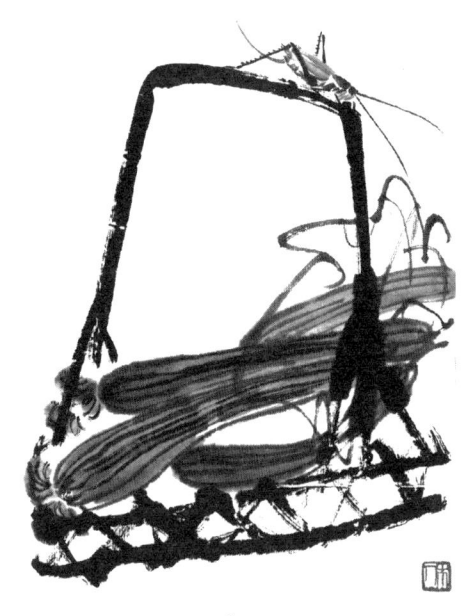

- **白　话**　弯道超车，踏踏实实才是硬道理。
- **古诗文**　不积跬步无以致千里，不积小流无以成江海。

　　——《荀子》

- **白　话**　每个人都是独一无二的潜力股。
- **古诗文**　天生我材必有用，千金散尽还复来。

　　——（唐）李白《将进酒》

- **白　话**　金钱是大多数情感的照妖镜。
- **古诗文**　天下熙熙，皆为利来；天下攘攘，皆为利往。

　　——（汉）司马迁《史记》

- ■ **白　话**　不要被事物的表象蒙蔽。
- □ **古诗义**　乱花渐欲迷人眼，浅草才能没马蹄。
　　　　　——（唐）白居易《钱塘湖春行》

- ■ **白　话**　用魔法打败魔法。
- □ **古诗义**　以其人之道，还治其人之身。
　　　　　——（宋）朱熹《中庸集注》

- ■ **白　话**　社交本质是慕强，人性内核是趋利。
- □ **古诗义**　贫居闹市无人问，富在深山有远亲。
　　　　　——（明）佚名《增广贤文》

- ■ **白　话**　看事物的视角不同，得出的结论也不同。
- □ **古诗义**　横看成岭侧成峰，远近高低各不同。
　　　　　——（宋）苏轼《题西林壁》

- ■ **白　话**　允许自己社恐。
- □ **古诗义**　老我无心出市朝，东风林壑自逍遥。
　　　　　——（宋）连文凤《春子田园杂兴》

- ■ **白　话**　夕阳转瞬即逝，美好的事物总是短暂。
- □ **古诗义**　夕阳无限好，只是近黄昏。
　　　　　——（唐）李商隐《乐游原》

- ■ **白　话**　天赋依靠使用而增长。
- □ **古诗义**　业精于勤，荒于嬉；行成于思，毁于随。
　　　　　——（唐）韩愈《进学解》

- ■ 白　话　莫强求。
- □ 古诗文　菩提本无树，明镜亦非台。本来无一物，何处惹尘埃。

　　——（唐）惠能《菩提偈》

- ■ 白　话　新旧更迭是自然规律，没啥大不了。
- □ 古诗文　长江后浪推前浪，浮新世新人换旧人。

　　——（宋）刘斧《青琐高议》

- ■ 白　话　既要，又要，还要。
- □ 古诗文　鱼，我所欲也；熊掌，亦我所欲也。二者不可得兼，舍鱼而取熊掌者也。

　　——《孟子》

- ■ 白　话　天赋加上坚韧意志，支撑我们走过漫长岁月。
- □ 古诗文　古之立大事者，不惟有超世之才，亦必有坚韧不拔之志。

　　——（宋）苏轼《晁错论》

- ■ 白　话　生死皆要刚健有为。
- □ 古诗文　生当作人杰，死亦为鬼雄。

　　——（宋）李清照《夏日绝句》

- ■ 白　话　人终将为年少无知买单。
- □ 古诗文　黑发不知勤学早，白首方悔读书迟。

　　——（唐）颜真卿《劝学》

金石之言

■ **白　话**　拒绝精神依赖。

□ **古诗文**　天行健,君子以自强不息。

　　　　——《易经》

■ **白　话**　真话像卸妆水,扎心但能看清真相。

□ **古诗文**　良药苦口利于病,忠言逆耳利于行。

　　　　——(汉)司马迁《史记》

■ **白　话**　危难时才能看清一个人的本质。

□ **古诗文**　疾风知劲草,板荡识诚臣。

　　　　——(唐)李世民《赐萧瑀》

■ **白　话**　踩雷多了自然学会了避雷。

□ **古诗文**　吃一堑,长一智。

　　　　——(明)王阳明《与薛尚谦书》

■ **白　话**　你只管努力,剩下的交给天意。

□ **古诗文**　精诚所至,金石为开。

　　　　——《庄子》

■ **白　话**　方中有圆,圆内容方。

□ **古诗文**　故君子与其练达,不若朴鲁;与其曲谨,不若疏狂。

　　　　——(明)洪应明《菜根谭》

■ **白　话**　常给大脑健身。
□ **古诗义**　读书破万卷，下笔如有神。
　　　　　——（唐）杜甫《奉赠韦左丞丈二十二韵》

■ **白　话**　借助他人智慧，成就更好的自己。
□ **古诗义**　他山之石，可以攻玉。
　　　　　——《诗经》

■ **白　话**　每个时代都有它的弄潮儿。
□ **古诗义**　江山代有才人出，各领风骚数百年。
　　　　　——（清）赵翼《论诗五首》

■ **白　话**　一个人走得快，一群人走得远。
□ **古诗义**　天时不如地利，地利不如人和。
　　　　　——《孟子》

■ **白　话**　多和优秀的人"互粉"（相互关注）。
□ **古诗义**　近朱者赤，近墨者黑。
　　　　　——（晋）傅玄《太子少傅箴》

■ **白　话**　偶尔躺平，没什么大不了。
□ **古诗义**　尽日优游过，通宵自在眠。
　　　　　——（元）李道纯《自得》

■ **白　话**　愿你可以自在张扬。
□ **古诗义**　命由我作，福自己求。
　　　　　——（明）袁了凡《了凡四训》

■ **白　　话**　没伞的孩子必须努力奔跑。
□ **古诗义**　壮士怀愤激,安能守虚冲?
　　　　　　——(晋)张华《壮士篇》

■ **白　　话**　好马不在乎饲料,真汉子不贪小便宜。
□ **古诗义**　良马不念秣,烈士不苟营。
　　　　　　——(唐)张籍《西州》

■ **白　　话**　大丈夫,就要胸怀天下。
□ **古诗义**　丈夫志四海,万里犹比邻。
　　　　　　——(魏)曹植《赠白马王彪并序》

■ **白　　话**　别以为坏事小就干,别觉得好事小就不做。
□ **古诗义**　勿以恶小而为之,勿以善小而不为。
　　　　　　——(晋)陈寿《三国志》

■ **白　　话**　在风雨寒霜中,也要不屈不挠。
□ **古诗义**　末路惊风雨,穷边饱雪霜。
　　　　　　——(宋)文天祥《除夜》

■ **白　　话**　挫折如烈火淬炼,让意志如钢铁般坚韧。
□ **古诗义**　千锤万凿出深山,烈火焚烧若等闲。
　　　　　　——(明)于谦《石灰吟》

■ **白　　话**　成功是无数个小进步堆积而成的。
□ **古诗义**　积土而为山,积水而为海。
　　　　　　——《荀子》

■ **白　话**　天冷算什么，后面还有更糟心的事儿。
□ **古诗义**　仲冬严寒年年事，须知事上大有事。
　　　　　——（宋）释了惠《偈颂七十一首》

■ **白　话**　年龄只是数字，志向才是永动机。
□ **古诗义**　老骥伏枥，志在千里；烈士暮年，壮心不已。
　　　　　——（汉）曹操《龟虽寿》

■ **白　话**　沉浸在知识中时，外界的喧嚣都显得微不足道。
□ **古诗义**　不是道人来引笑，周情孔思正追寻。
　　　　　——（唐）王贞白《白鹿洞二首》

■ **白　话**　不要担心被人看轻，别人的嘲笑将是你成功的垫脚石。
□ **古诗义**　三冬今足用，谁笑腹空虚。
　　　　　——（宋）汪洙《勤学》

■ **白　话**　生命的价值不在长度，而在深度和广度。
□ **古诗义**　人固有一死，或重于泰山，或轻于鸿毛。
　　　　　——（汉）司马迁《报任安书》

■ **白　话**　事物发展必有盛有衰，万事发生必有张弛。
□ **古诗义**　万物必有盛衰，万事必有弛张。
　　　　　——《韩非子》

金石之言

■ **白 话** 盛极则衰。

□ **古诗义** 日中则昃,月盈则亏。

——《易经》

■ **白 话** 以前是以前,现在是现在。

□ **古诗义** 彼一时,此一时。

——《孟子》

■ **白 话** 接纳自己的不完美。

□ **古诗义** 尺有所短,寸有所长;物有所不足,智有所不明。

——(先秦)屈原《卜居》

■ **白 话** 心胸宽广,志向坚定。

□ **古诗义** 心随朗日高,志与秋霜洁。

——(唐)李世民《经破薛举战地》

■ **白 话** 努力丰满羽翼,春风总有来临之时。

□ **古诗义** 且长凌风翮,乘春自有期。

——(唐)祖咏《汝坟秋同仙州王长史翰闻百舌鸟》

■ **白 话** 立志贵在坚定不移,成功贵在持之以恒。

□ **古诗义** 立志欲坚不欲锐,成功在久不在速。

——(宋)张孝祥《论治体札子》

■ **白　话**　管它几级风,先跑起来再说。
□ **古诗义**　遇事无难易,而勇于敢为。
　　　　　——(宋)欧阳修《尹师鲁墓志铭》

■ **白　话**　坚持是基,创新为路。
□ **古诗义**　以不息为体,以日新为道。
　　　　　——(唐)刘禹锡《问大钧赋》

■ **白　话**　战胜人性的弱点,才能不断成长。
□ **古诗义**　反听之谓聪,内视之谓明,自胜之谓强。
　　　　　——(汉)司马迁《史记》

■ **白　话**　万事发生都有征兆。
□ **古诗义**　月晕而风，础润而雨。
　　　　　——（宋）苏洵《辨奸论》

■ **白　话**　专注是成功之母。
□ **古诗义**　目不能二视，耳不能二听，手不能二事。
　　　　　——（汉）班固《汉书》

■ **白　话**　心若迷离，万物皆暗。
□ **古诗义**　观物有疑，中心不定，则外物不清。
　　　　　——《荀子》

■ **白　话**　千金难买心中的意气和梦想。
□ **古诗义**　千金何足重，所存意气间。
　　　　　——（南北朝）鲍照《代朗月行》

■ **白　话**　无论处境如何，坚守自己的本心。
□ **古诗义**　安危不贰其志，险易不革其心。
　　　　　——（汉）仲长统《昌言》

■ **白　话**　不属于自己的，再好也不去贪恋。
□ **古诗义**　苟非吾之所有，虽一毫而莫取。
　　　　　——（宋）苏轼《前赤壁赋》

■ **白　话**　机会总是留给有准备的人。
□ **古诗义**　凡事预则立，不预则废。
　　　　　——（汉）戴圣《礼记》

■ **白　话**　不跟风踩别人的脚印，要去找属于自己的方向。

□ **古诗义**　群居不倚，独立不惧。

　　——（宋）苏轼《墨君堂记》

■ **白　话**　微小的努力，能汇聚成强大的力量。

□ **古诗义**　识乎微之为著者强。

　　——（汉）刘向《战国策》

■ **白　话**　活成一道光，做自己的王子。

□ **古诗义**　虽贵不苟为，虽听不自阿。

　　——《吕氏春秋》

■ **白　话**　每一个你都灿若星辰。

□ **古诗义**　美之所在，虽污辱，世不能贱；恶之所在，虽高隆，世不能贵。

　　——（汉）刘安《淮南子》

■ **白　话**　踏踏实实地努力，而不是弄虚作假。

□ **古诗义**　功不可以虚成，名不可以伪立。

　　——（汉）班固《答宾戏》

■ **白　话**　用道理书写名篇，用真诚换取信任。

□ **古诗义**　成书在理不在势，服人以诚不以言。

　　——（宋）苏轼《拟进士对御试策》

金石之言

■ **白　话**　成大事，要有一说一。
□ **古诗文**　欲当大事，须是笃实。
　　　　　——（清）魏裔介《琼据佩语》

■ **白　话**　沉稳者重行动，浮躁者重空谈。
□ **古诗文**　吉人之辞寡，躁人之辞多。
　　　　　——《易经》

■ **白　话**　君子团结而不勾结，小人勾结而不团结。
□ **古诗文**　君子周而不比，小人比而不周。
　　　　　——《论语》

■ **白　话**　你的朋友圈也是你的一面镜子。
□ **古诗文**　不知其子，视其友；不知其君，视其左右。
　　　　　——《荀子》

■ **白　话**　害人时话烫嘴，败露时舌打结。
□ **古诗文**　诬善之人其辞游，失其守者其辞曲。
　　　　　——《易经》

■ **白　话**　事情无论大小，发挥能力就好。
□ **古诗文**　任有小大，惟其所能。
　　　　　——（唐）韩愈《圬者王承福传》

■ **白　话**　人与人之间的了解自古就是难事。
□ **古诗文**　人固易知，知人亦未易也。
　　　　　——（汉）司马迁《史记》

■ **白　话**　光靠包装和炒作，时间长了必然引起公愤。
□ **古诗义**　华而不实，怨之所聚也。
　　　　　——（先秦）左丘明《左传》

■ **白　话**　实践出真知，行动方知难。
□ **古诗义**　及之而后知，履之而后艰。
　　　　　——（清）魏源《默觚》

■ **白　话**　再小的努力，乘以三百六十五效果惊人。
□ **古诗义**　轻者重之端，小者大之源。
　　　　　——（南北朝）范晔《后汉书》

■ **白　话**　过往的经历是当下的老师。
□ **古诗义**　前事不忘，后事之师。
　　　　　——（汉）刘向《战国策》

■ **白　话**　用发展的眼光看待别人。
□ **古诗义**　士别三日，即更刮目相待。
　　　　　——（晋）陈寿《三国志》

■ **白　话**　当局者迷。
□ **古诗义**　不识庐山真面目，只缘身在此山中。
　　　　　——（宋）苏轼《题西林壁》

■ **白　话**　该出手时就出手。
□ **古诗义**　当断不断，反受其乱。
　　　　　——（汉）司马迁《史记》

■ **白　话**　走出舒适区。

□ **古诗义**　不入虎穴，焉得虎子。

　　　　——（南北朝）范晔《后汉书》

■ **白　话**　外貌只是表象，真实表现才是关键。

□ **古诗义**　相形不如论心，论心不如择术。

　　　　——《荀子》

■ **白　话**　语言的魔力。

□ **古诗义**　君子不以言举人，不以言废人。

　　　　——《论语》

■ **白　话**　学识是燃料，才能是发动机。两者结合，能发挥最大的力量。

□ **古诗义**　学如弓弩，才如箭镞。

　　　　——（清）袁枚《续诗品》

■ **白　话**　如何阅读一本书？

□ **古诗义**　读书贵神解，无事守章句。

　　　　——（清）徐洪钧《书怀》

■ **白　话**　书本是人类进步的朋友。

□ **古诗义**　书卷多情似故人，晨昏忧乐每相亲。

　　　　——（明）于谦《观书》

- **白　话**　兴趣是最好的老师。
- **古诗文**　知之者不如好之者，好之者不如乐之者。
  　　　——《论语》

- **白　话**　世界很喧嚣，做自己就好。
- **古诗文**　不为外撼，不以物移，而后可以任天下之大事。
  　　　——（明）吕坤《呻吟语》

- **白　话**　脑子可能告诉你"我会了"，现实却告诉你"你被骗了"。
- **古诗文**　书到用时方恨少，事非经过不知难。
  　　　——（明）佚名《增广贤文》

- **白　话**　别问终点还有多远，先问自己走了几步。
- **古诗文**　日日行，不怕千万里；常常做，不怕千万事。
  　　　——（清）金缨《格言联璧》

- **白　话**　责任越重大，越要保持坚韧。
- **古诗文**　士不可以不弘毅，任重而道远。
  　　　——《论语》

- **白　话**　才华可以练，野心不能丢。
- **古诗文**　学者不患才不及，而患志不立。
  　　　——（唐）房玄龄《晋书》

■ **白　话**　有能力的人，走哪里都是路。
□ **古诗文**　但令毛羽在，何处不翻飞。
　　　　——（唐）吕温《赋得失群鹤》

■ **白　话**　花开有期，雨落有时，人有时运。
□ **古诗文**　好雨知时节，当春乃发生。
　　　　——（唐）杜甫《春夜喜雨》

■ **白　话**　可以被按在地上摩擦，但休想听见投降的声音。
□ **古诗文**　受屈不改心，然后知君子。
　　　　——（唐）李白《赠韦侍御黄裳二首》

■ **白　话**　别被虚名困住。
□ **古诗文**　古来多被虚名误，宁负虚名身莫负。
　　　　——（宋）晏几道《玉楼春》

■ **白　话**　包装仅供参考，别被包装欺骗。
□ **古诗文**　假金方用真金镀，若是真金不镀金。
　　　　——（唐）李绅《答章孝标》

■ **白　话**　合得来就碰杯，聊不来就拜拜。
□ **古诗文**　酒逢知己千杯少，话不投机半句多。
　　　　——（明）徐㖘《杀狗记》

■ **白　话**　论选择的重要性。
□ **古诗文**　当年不肯嫁春风，无端却被秋风误。
　　　　——（宋）贺铸《芳心苦》

■ 白　话　沉浸在书的世界里,时光如黄金般宝贵。
□ 古诗义　读书不觉已春深,一寸光阴一寸金。
　　　　　——(唐)王贞白《白鹿洞二首》

■ 白　话　拒绝千篇一律。
□ 古诗义　请君莫奏前朝曲,听唱新翻杨柳枝。
　　　　　——(唐)刘禹锡《杨柳枝词九首》

■ 白　话　别让任何人定义你的天花板。
□ 古诗义　山不厌高,海不厌深。
　　　　　——(汉)曹操《短歌行》

■ 白　话　真诚才是必杀技。
□ 古诗义　真者,精诚之至也,不精不诚,不能动人。
　　　　　——《庄子》

■ 白　话　人生如戏,全靠演技。
□ 古诗义　世事洞明皆学问,人情练达即文章。
　　　　　——(清)曹雪芹《红楼梦》

■ 白　话　靠山山倒,靠人人跑。
□ 古诗义　动口不如亲为,求人不如求己。
　　　　　——(明)佚名《增广贤文》

■ 白　话　别把"学习"收在收藏夹里,行动才能拿分。
□ 古诗义　非学无以广才,非志无以成学。
　　　　　——(三国)诸葛亮《诫子书》

金石之言

■ **白　话**　白天忙碌，晚上沉淀。
□ **古诗义**　昼之所为，夜必思之。
　　　　——（宋）林逋《省心录》

■ **白　话**　让子弹飞一会儿。
□ **古诗义**　论久而后公，名久而后定。
　　　　——（宋）陆游《何君墓表》

■ **白　话**　你足够优秀。
□ **古诗义**　恢弘志士之气，不宜妄自菲薄。
　　　　——（三国）诸葛亮《出师表》

■ **白　话**　自己爱自己，自己敬自己。
□ **古诗义**　人必其自爱也，而后人爱诸；人必其自敬也，而后人敬诸。
　　　　——（汉）扬雄《法言》

■ **白　话**　生命在于运动。
□ **古诗义**　流水不腐，户枢不蠹。
　　　　——《吕氏春秋》

■ **白　话**　坚持住，总有上桌的一天（上桌：表达被认可或收获成功的意思）。
□ **古诗义**　锲而不舍，金石可镂。
　　　　——（先秦）荀子《劝学》

一语倾心

■ **白　话**　你若盛开，清风自来。
□ **古诗文**　桃李不言，下自成蹊。
　　　　　——（汉）司马迁《史记》

■ **白　话**　泥潭里开出纯净的花。
□ **古诗文**　出淤泥而不染，濯清涟而不妖。
　　　　　——（宋）周敦颐《爱莲说》

■ **白　话**　熬过无人问津的日子，才有诗和远方。
□ **古诗文**　不经一番寒彻骨，怎得梅花扑鼻香。
　　　　　——（唐）黄檗禅师《上堂开示颂》

■ **白　话**　没有一个冬天不可逾越，没有一个春天不会到来。
□ **古诗文**　沉舟侧畔千帆过，病树前头万木春。
　　　　　——（唐）刘禹锡《酬乐天扬州初逢席上见赠》

■ **白　话**　生命在一呼一吸之间。

□ **古诗文**　人生天地之间，若白驹之过隙，忽然而已。

　　　　　——《庄子》

■ **白　话**　天上天下，唯我独尊。

□ **古诗文**　天地与我并生，而万物与我为一。

　　　　　——《庄子》

■ **白　话**　英雄永垂不朽。

□ **古诗文**　身既死兮神以灵，魂魄毅兮为鬼雄。

　　　　　——（先秦）屈原《国殇》

■ **白　话**　世间所有的遇见，都是久别重逢。

□ **古诗文**　正是江南好风景，落花时节又逢君。

　　　　　——（唐）杜甫《江南逢李龟年》

■ **白　话**　花哭的时候，不会流泪，但会散发香气。

□ **古诗文**　忽然一夜清香发，散作乾坤万里春。

　　　　　——（元）王冕《白梅》

■ **白　话**　宁静的春夜，桂花飘落，一片空寂。

□ **古诗文**　人闲桂花落，夜静春山空。

　　　　　——（唐）王维《鸟鸣涧》

■ **白　话**　春风搞了一场突袭，一夜便用魔法开启花的盛宴。

□ **古诗文**　忽如一夜春风来，千树万树梨花开。

　　——（唐）岑参《白雪歌送武判官归京》

■ **白　话**　好想回到过去。

□ **古诗文**　春风若有怜花意，可否容我再少年。

　　——（唐）杜甫《江留别》

■ **白　话**　山光明媚，飞鸟欢心，潭水清澈，心净神爽。

□ **古诗文**　山光悦鸟性，潭影空人心。

　　——（唐）常建《题破山寺后禅院》

■ **白　话**　雨和蛙的奏鸣曲。

□ **古诗文**　黄梅时节家家雨，青草池塘处处蛙。

　　——（宋）赵师秀《约客》

■ **白　话**　人生像一场旅行，我们都是过客。

□ **古诗文**　人生如逆旅，我亦是行人。

　　——（宋）苏轼《临江仙》

■ **白　话**　云雾和霞光掩映着人留下的足迹，山风轻轻吹拂着人身上的衣衫。

□ **古诗文**　云光侵履迹，山翠拂人衣。

　　——（唐）裴迪《华子岗》

■ **白　话**　春天美得让人失眠，盯着月光把花影推到栏杆上。

□ **古诗文**　春色恼人眠不得，月移花影上栏干。

　　　　——（宋）王安石《夜直》

■ **白　话**　你是谁，你从哪里来？

□ **古诗文**　暖风熏得游人醉，直把杭州作汴州。

　　　　——（宋）林升《题临安邸》

■ **白　话**　光阴似箭，转眼就长大了。

□ **古诗文**　流光容易把人抛，红了樱桃，绿了芭蕉。

　　　　——（宋）蒋捷《一剪梅》

■ **白　话**　做人不能"太老实"。

□ **古诗文**　世事短如春梦，人情薄似秋云。

　　　　——（宋）朱敦儒《西江月》

■ **白　话**　做人有分寸，做事有尺度。

□ **古诗文**　不如意事常八九，可与人言无二三。

　　　　——（明）冯梦龙《醒世恒言》

■ **白　话**　温柔的晚风吹散许多不愉快。

□ **古诗文**　晚风庭院落梅初。淡云来往月疏疏。

　　　　——（宋）李清照《浣溪沙》

■ **白　话**　岁月流转，春天的花还是当年的样子，但人却已不同。

□ **古诗义**　年年岁岁花相似，岁岁年年人不同。

——（唐）刘希夷《代悲白头翁》

■ **白　话**　需以史为鉴，避免重蹈覆辙。

□ **古诗义**　六朝遗迹此空存，城压沧波到海门。

——（宋）王珪《游赏心亭》

■ **白　话**　再苦也要笑一笑。

□ **古诗义**　宁可枝头抱香死，何曾吹落北风中。

——（宋）郑思肖《寒菊》

■ **白　话**　果壳中的宇宙。

□ **古诗义**　日月之行，若出其中；星汉灿烂，若出其里。

——（汉）曹操《观沧海》

■ **白　话**　每一次抬头望月，都是与远方的自己对话。

□ **古诗义**　海上生明月，天涯共此时。

——（唐）张九龄《望月怀远》

■ **白　话**　世事轮回，每个时代都刻着月光戳下的印记。

□ **古诗义**　人生代代无穷已，江月年年望相似。

——（唐）张若虚《春江花月夜》

■ **白　话**　梅花的影子在水中摇曳,香气在月光下飘散。
□ **古诗义**　疏影横斜水清浅,暗香浮动月黄昏。
　　　　　　——(宋)林逋《山园小梅二首》

■ **白　话**　落花纷纷飘落,一对燕子在雨中飞翔。
□ **古诗义**　落花人独立,微雨燕双飞。
　　　　　　——(五代)翁宏《春残》

■ **白　话**　旧年时分,江海却已有了新春的气息。
□ **古诗义**　海日生残夜,江春入旧年。
　　　　　　——(唐)王湾《次北固山下》

■ **白　话**　雨刚打湿了花瓣,嫩柳条就在雾里晃悠。
□ **古诗义**　一片晕红才著雨,几丝柔绿乍和烟。
　　　　　　——(清)纳兰性德《浣溪沙》

■ **白　话**　美梦终有醒来时,美好的东西总难以长久。
□ **古诗义**　花开花落不长久,落红满地归寂中。
　　　　　　——(南北朝)陈叔宝《玉树后庭花》

■ **白　话**　我还是原来的我。
□ **古诗义**　洛阳亲友如相问,一片冰心在玉壶。
　　　　　　——(唐)王昌龄《芙蓉楼送辛渐二首》

■ **白　话**　山里刚下完雨,傍晚那叫一个凉快。
□ **古诗义**　空山新雨后,天气晚来秋。
　　　　　　——(唐)王维《山居秋暝》

■ **白　话**　暮色渐渐漫起，哪里是我的家乡？
□ **古诗文**　日暮乡关何处是？烟波江上使人愁。
　　　　　——（唐）崔颢《黄鹤楼》

■ **白　话**　清早杨柳罩着薄雾，红杏开得那叫一个热闹。
□ **古诗文**　绿杨烟外晓寒轻，红杏枝头春意闹。
　　　　　——（宋）宋祁《玉楼春》

■ **白　话**　夜深风急，明早必见花铺路。
□ **古诗文**　重重帘幕密遮灯，风不定，人初静，明日落红应满径。
　　　　　——（宋）张先《天仙子》

■ **白　话**　夕阳里带着离愁，策马奔向远方。
□ **古诗文**　浩荡离愁白日斜，吟鞭东指即天涯。
　　　　　——（清）龚自珍《己亥杂诗》

■ **白　话**　哇！这也太美了！
□ **古诗文**　日出江花红胜火，春来江水绿如蓝。
　　　　　——（唐）白居易《忆江南》

■ **白　话**　白发新添是新年，对过往告别，也对未来期许。
□ **古诗文**　故乡今夜思千里，霜鬓明朝又一年。
　　　　　——（唐）高适《除夜作》

■ **白　话**　就像花儿总会凋落，有些美好总是留不住的。
□ **古诗义**　无可奈何花落去，似曾相识燕归来。
　　　　　——（宋）晏殊《浣溪沙》

■ **白　话**　是非对错、成功失败、功名利禄都如过眼云烟。
□ **古诗义**　是非成败转头空。青山依旧在，几度夕阳红。
　　　　　——（明）杨慎《临江仙》

■ **白　话**　古刹的钟鼓声从早到晚，穿越晨昏，四周村落云烟袅袅，似乎从古至今一直缭绕着。
□ **古诗义**　寺楼钟鼓催昏晓，墟落云烟自古今。
　　　　　——（宋）陆游《度浮桥至南台》

■ **白　话**　昨夜雨声轻敲窗棂，今日便享受爽心清凉。
□ **古诗义**　殷勤昨夜三更雨，又得浮生一日凉。
　　　　　——（宋）苏轼《鹧鸪天》

■ **白　话**　一叶扁舟在烟雨蒙蒙中自由穿梭，美如画卷。
□ **古诗义**　桥如虹，水如空。一叶飘然烟雨中。
　　　　　——（宋）陆游《长相思》

■ **白　话**　人这辈子，悲欢离合轮流来。古今都一样。
□ **古诗义**　叹人间、哀乐转相寻，今犹昔。
　　　　　——（宋）辛弃疾《满江红》

- **白　话**　柳枝撩着懒洋洋的春水,夕阳在花堆里赖着不走。
- **古诗文**　柳塘春水慢,花坞夕阳迟。
　　——(唐)严维《酬刘员外见寄》

- **白　话**　午后微醺醒来,清风拂面,绿意盎然。
- **古诗文**　午醉醒来一面风。绿匆匆。几颗樱桃叶底红。
　　——(宋)陈克《豆叶黄》

- **白　话**　坐着感慨时光飞逝,站起来看满眼荒凉。
- **古诗文**　坐感岁时歌慷慨,起看天地色凄凉。
　　——(宋)王安石《葛溪驿》

- **白　话**　风沙再大也挡不住,黄河水哗哗地往东南流淌。
- **古诗文**　烟里黄沙遮不住,河流日夜东南注。
　　——(清)周济《蝶恋花》

- **白　话**　绿水与青山相互映衬,如诗如画。
- **古诗文**　山泼黛,水挼蓝,翠相搀。
　　——(宋)黄庭坚《诉衷情》

- **白　话**　一切都是虚妄,不如淡看尘世繁华。
- **古诗文**　浮生暂寄梦中梦,世事如闻风里风。
　　——(唐)李群玉《自遣》

■ **白　话**　风光清润，雨后的天空格外清新。
□ **古诗文**　清润风光雨后天，蔷薇花谢绿窗前。
　　　　　——（宋）晁端礼《浣溪沙》

■ **白　话**　风里雨里楝花乱飞，红瓣铺了一地。
□ **古诗文**　小雨轻风落楝花，细红如雪点平沙。
　　　　　——（宋）王安石《钟山晚步》

■ **白　话**　清晨以花露为饮，夜晚在松树下迎风而卧。
□ **古诗文**　朝饮花上露，夜卧松下风。
　　　　　——（唐）王昌龄《斋心》

■ **白　话**　黑夜里孤舟独灯，微风轻起，河面漾起层层细浪，如同满河星光。
□ **古诗文**　月黑见渔灯，孤光一点萤。微微风簇浪，散作满河星。
　　　　　——（清）查慎行《舟夜书所见》

■ **白　话**　我愿做一朵闲云，自在飘荡，不问归期。
□ **古诗文**　坐亦良。睡亦良。任取傍人笑我狂。心在水云乡。
　　　　　——（清）蔡琬《长相思》

■ **白　话**　在空旷的山中对坐，月光洒向树林，如梦如幻。
□ **古诗文**　对坐空山天籁寂，满林花雨月明中。
　　　　　——（明）徐熥《与瀚公宿绿玉斋》

■ **白　话**　夜色迷离，尽是诗意与温柔。
□ **古诗义**　数点雨声风约住，朦胧淡月云来去。
　　　　　——（宋）李冠《蝶恋花》

■ **白　话**　时光万物如流水。
□ **古诗义**　年光与物随流水，世事如花落晓风。
　　　　　——（唐）薛逢《六街尘》

■ **白　话**　无论世事如何，春花依旧灿烂。
□ **古诗义**　春风不管人间恨，溪上樱桃花自开。
　　　　　——（宋）王炎《到白石先妣新茔》

- **白　话**　春天的美,无需刻意寻找,它就在身边。
- **古诗义**　等闲识得东风面,万紫千红总是春。
  　　　　——(宋)朱熹《春日》

- **白　话**　我只是一个江湖中的寂寞旅人。
- **古诗义**　满船明月从此去,本是江湖寂寞人。
  　　　　——(宋)黄庭坚《到官归志浩然二绝句》

- **白　话**　蝉鸣想占据傍晚时光,菊花要独占整个秋天。
- **古诗义**　蝉声偏占晚,菊色欲专秋。
  　　　　——(宋)艾性夫《尽日》

- **白　话**　春风吹拂,绿草发芽;细雨绵绵,柳条湿润。
- **古诗义**　风吹新绿草芽坼,雨洒轻黄柳条湿。
  　　　　——(唐)白居易《长安早春旅怀》

- **白　话**　月光透过树林洒落在地面,稀稀疏疏犹如残雪一般。
- **古诗义**　林下漏月光,疏疏如残雪。
  　　　　——(明)张岱《陶庵梦忆》

- **白　话**　景色美绝了!
- **古诗义**　落霞与孤鹜齐飞,秋水共长天一色。
  　　　　——(唐)王勃《滕王阁序》

■ **白　话**　不念过去，不畏将来。

□ **古诗文**　从前种种，譬如昨日死；从后种种，譬如今日生。

——（明）袁了凡《了凡四训》

■ **白　话**　时光如白驹过隙，岁月在指尖悄然流逝。

□ **古诗文**　摩挲素月，人世俯仰已千年。

——（宋）辛弃疾《水调歌头》

■ **白　话**　春风拂面，吹醒了那如梨花般纯洁绚烂的梦。

□ **古诗文**　醉乡中，东风唤醒梨花梦。

——（元）马致远《小桃红》

■ **白　话**　世上没有后悔药。

□ **古诗文**　嫦娥应悔偷灵药，碧海青天夜夜心。

——（唐）李商隐《嫦娥》

■ **白　话**　该来的终究会到来。

□ **古诗文**　莫愁千里路，自有到来风。

——（唐）钱珝《江行无题一百首》

■ **白　话**　越是美好的梦越容易醒。

□ **古诗文**　多情自古空余恨，好梦由来最易醒。

——（清）魏秀仁《花月痕》

■ **白　话**　越是美好的东西越容易破碎。
□ **古诗义**　大都好物不坚牢，彩云易散琉璃脆。
　　　　　——（唐）白居易《简简吟》

■ **白　话**　一场游戏一场梦。
□ **古诗义**　休言万事转头空，未转头时皆梦。
　　　　　——（宋）苏轼《西江月》

■ **白　话**　成年人在职场，连呼吸都要计算分贝。
□ **古诗义**　战战兢兢，如临深渊，如履薄冰。
　　　　　——《诗经》

■ **白　话**　人生没有白走的路，每一步都算数。
□ **古诗义**　人生万事须自为，跬步江山即寥廓。
　　　　　——（元）范梈《王氏能远楼》

■ **白　话**　不以成败论英雄。
□ **古诗义**　胜固欣然，败亦可喜。
　　　　　——（宋）苏轼《观棋》

■ **白　话**　到处流浪，四海为家。
□ **古诗义**　人生到处知何似，应似飞鸿踏雪泥。
　　　　　——（宋）苏轼《和子由渑池怀旧》

■ **白　话**　赏月，是抒发思念的最古老的仪式。
□ **古诗义**　当时明月在，曾照彩云归。
　　　　　——（宋）晏几道《临江仙》

■ **白　话**　宇宙浩瀚，人不过是浮尘。
□ **古诗义**　人生无根蒂，飘如陌上尘。
　　　　　——（晋）陶渊明《杂诗十二首》

■ **白　话**　人生如浮云，自在天地间。
□ **古诗义**　浮云今可驾，沧海自成尘。
　　　　　——（唐）王勃《出境游山二首》

■ **白　话**　你要悄悄努力，然后惊艳所有人。
□ **古诗义**　不鸣则已，一鸣惊人。
　　　　　——（汉）司马迁《史记》

■ **白　话**　不达目的不罢休。
□ **古诗义**　黄沙百战穿金甲，不破楼兰终不还。
　　　　　——（唐）王昌龄《从军行七首》

■ **白　话**　网红餐厅打卡了个遍，怀念的却是高中晚自习后的那碗泡面。
□ **古诗义**　欲买桂花同载酒，终不似，少年游。
　　　　　——（宋）刘过《唐多令》

■ **白　话**　保持热爱，奔赴山海。
□ **古诗义**　乘兴而行，兴尽而返。
　　　　　——（南北朝）刘义庆《世说新语》

■ **白　话**　生活不止眼前的苟且，还有诗和远方。
□ **古诗义**　几时归去，作个闲人。对一张琴，一壶酒，一溪云。
　　　　　——（宋）苏轼《行香子》

■ **白　话**　你以为自己在原地，其实时间带你走了很远。
□ **古诗义**　卧看满天云不动，不知云与我俱东。
　　　　　——（宋）陈与义《襄邑道中》

■ **白　话**　总要为了看一场日落而停下脚步吧！
□ **古诗义**　停车坐爱枫林晚，霜叶红于二月花。
　　　　　——（唐）杜牧《山行》

- **白　话**　世界那么大，我们都是微不足道的存在。
- **古诗文**　世界微尘里，吾宁爱与憎。

　　——（唐）李商隐《北青萝》

- **白　话**　山川湖海皆有灵性，与之对话便是与自己对话。
- **古诗文**　我见青山多妩媚，料青山见我应如是。

　　——（宋）辛弃疾《贺新郎》

- **白　话**　花开花谢，不过是一场匆匆的梦。
- **古诗文**　林花谢了春红，太匆匆。无奈朝来寒雨，晚来风。

　　——（五代）李煜《相见欢》

- **白　话**　春草成长，柳树换上新衣，鸟儿鸣叫，生命是最美的风景。
- **古诗文**　池塘生春草，园柳变鸣禽。

　　——（南北朝）谢灵运《登池上楼》

- **白　话**　要做一棵松柏挺直坚韧，莫做桃李花瓣毫无定力。
- **古诗文**　愿君学长松，慎勿作桃李。

　　——（唐）李白《赠韦侍御黄裳二首》

- **白　话**　你的气质，藏在你读过的书里。
- **古诗文**　人之能为人，由腹有诗书。诗书勤乃有，不勤腹空虚。

　　——（唐）韩愈《符读书城南》

■ **白　话**　花店不开了,花继续开。
□ **古诗文**　庭树不知人去尽,春来还发旧时花。
　　　　　——(唐)岑参《山房春事二首》

■ **白　话**　春日的温柔,尽在丝丝春雨。
□ **古诗文**　沾衣欲湿杏花雨,吹面不寒杨柳风。
　　　　　——(宋)志南《绝句》

■ **白　话**　四季轮回,晨钟暮鼓间,一天又过去。
□ **古诗文**　春夏秋冬捻指间,钟送黄昏鸡报晓。
　　　　　——(明)唐寅《一世歌》

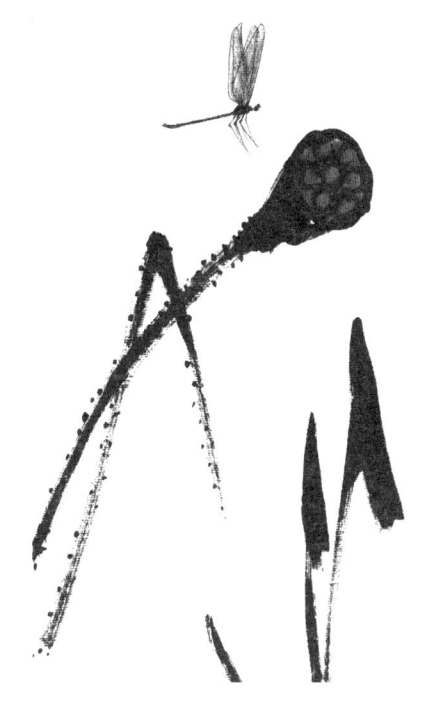

■ **白　话**　寒雨敲窗，孤灯暗淡照着窗外雨幕，竹林被笼罩在一层暗浮的烟霭中。

□ **古诗义**　孤灯寒照雨，湿竹暗浮烟。

——（唐）司空曙《云阳馆与韩绅宿别》

■ **白　话**　闲愁如烟草色一望无垠，如柳絮满城翻飞无边无际，如梅雨淅淅沥沥，下个不停。

□ **古诗义**　一川烟草，满城风絮，梅子黄时雨。

——（宋）贺铸《青玉案》

■ **白　话**　柳树千丝万缕，似是一夜之间换新颜，像是刚刚梳妆好的少女，迎接着晨风的吹拂。

□ **古诗义**　景阳楼畔千条路，一面新妆待晓风。

——（唐）温庭筠《杨柳枝八首》

■ **白　话**　秋天不是结束，而是另一种开始。

□ **古诗义**　自古逢秋悲寂寥，我言秋日胜春朝。

——（唐）刘禹锡《秋词二首》

■ **白　话**　夜晚静坐，感受到初春暖意，还有春虫的叫声。

□ **古诗义**　今夜偏知春气暖，虫声新透绿窗纱。

——（唐）刘方平《月夜》

■ **白　话**　寻常风景，因为有你到来，而变得不同。

□ **古诗义**　寻常一样窗前月，才有梅花便不同。

——（宋）杜耒《寒夜》

■ **白　话**　岁月催人老。

□ **古诗文**　老冉冉其将至兮，恐修名之不立。

　　　　——（先秦）屈原《离骚》

■ **白　话**　夕阳将江水染成两种颜色，一半清冷一半温暖。

□ **古诗文**　一道残阳铺水中，半江瑟瑟半江红。

　　　　——（唐）白居易《暮江吟》

■ **白　话**　时间是公平的，它会悄悄地带走每个人的青春。

□ **古诗文**　莫倚儿童轻岁月，丈人曾共尔同年。

　　　　——（唐）窦巩《赠王氏小儿》

■ **白　话**　闲暇时溪边垂钓，心中怀着乘风破浪的梦想。

□ **古诗文**　闲来垂钓碧溪上，忽复乘舟梦日边。

　　　　——（唐）李白《行路难三首》

■ **白　话**　花期不同，不必慌张。

□ **古诗文**　人间四月芳菲尽，山寺桃花始盛开。

　　　　——（唐）白居易《大林寺桃花》

■ **白　话**　一往情深有多深？

□ **古诗文**　一往情深深几许？深山夕照深秋雨。

　　　　——（清）纳兰性德《蝶恋花》

- ■ 白　话　只要根还在地下，废墟上也能开出花。
- □ 古诗文　荷尽已无擎雨盖，菊残犹有傲霜枝。
  　　　　——（宋）苏轼《赠刘景文》

- ■ 白　话　人生如梦，追梦无尽。
- □ 古诗文　庄生晓梦迷蝴蝶，望帝春心托杜鹃。
  　　　　——（唐）李商隐《锦瑟》

- ■ 白　话　老朋友，你肯定知道我常常想你，所以来梦里与我相见。
- □ 古诗文　故人入我梦，明我长相忆。
  　　　　——（唐）杜甫《梦李白二首》

■ 白　话　冬天来了,春天还会远吗?
□ 古诗义　天时人事日相催,冬至阳生春又来。
　　　　　——(唐)杜甫《小至》

■ 白　话　永远在路上。
□ 古诗义　行役无冬春,车马无南北。
　　　　　——(宋)梅尧臣《送宋中道太博倅广平》

■ 白　话　心神错乱总梦见不相干的人,唯独没梦见你。
□ 古诗义　我今因病魂颠倒,唯梦闲人不梦君。
　　　　　——(唐)元稹《酬乐天频梦微之》

■ 白　话　穿着精致服装,佩戴闪亮配饰的美丽身影笑靥如花地走过,留下阵阵暗香。
□ 古诗义　蛾儿雪柳黄金缕,笑语盈盈暗香去。
　　　　　——(宋)辛弃疾《青玉案》

■ 白　话　在清冷的环境中保持优雅和美丽。
□ 古诗义　青女素娥俱耐冷,月中霜里斗婵娟。
　　　　　——(唐)李商隐《霜月》

■ 白　话　生活中的美好,往往在不经意间。
□ 古诗义　曲径通幽处,禅房花木深。
　　　　　——(唐)常建《题破山寺后禅院》

■ **白　　话**　秋天，边塞的风光大不同。
□ **古诗义**　塞下秋来风景异，衡阳雁去无留意。
　　　　　——（宋）范仲淹《渔家傲》

■ **白　　话**　无尽的秋色，秋日的风雨使秋天更加凄凉。
□ **古诗义**　已觉秋窗秋不尽，那堪风雨助凄凉。
　　　　　——（清）曹雪芹《红楼梦》

■ **白　　话**　在梦里可以忘记烦恼和疲惫，自由地追逐快乐。
□ **古诗义**　梦里不知身是客，一晌贪欢。
　　　　　——（五代）李煜《浪淘沙令》

■ **白　　话**　渴望生出翅膀，随花瓣一起探寻世界的尽头。
□ **古诗义**　愿侬此日生双翼，随花飞到天尽头。
　　　　　——（清）曹雪芹《红楼梦》

■ **白　　话**　花谢了，花瓣随风飞舞，就像逝去的青春。
□ **古诗义**　花谢花飞花满天，红消香断有谁怜？
　　　　　——（清）曹雪芹《红楼梦》

■ **白　　话**　白雪抱怨春色来得太晚，化作花儿穿梭在树间。
□ **古诗义**　白雪却嫌春色晚，故穿庭树作飞花。
　　　　　——（唐）韩愈《春雪》

- **白　话**　秋风瑟瑟,白云飘飞,草木枯黄,雁儿南飞,秋的脚步悄然而至。
- **古诗义**　秋风起兮白云飞,草木黄落兮雁南归。

　　　　——(汉)刘彻《秋风辞》

- **白　话**　远远望去,那片白似雪非雪,时有梅花幽香传来。
- **古诗义**　遥知不是雪,为有暗香来。

　　　　——(宋)王安石《梅花》

- **白　话**　落花像有情意一样,来来去去追逐着小船漂流。
- **古诗义**　落花如有意,来去逐船流。

　　　　——(唐)储光羲《江南曲四首》

- **白　话**　风吹起湖水掀起白色浪花,雁群在天空整齐地飞过,像是书写在青天上的一行诗。
- **古诗义**　风翻白浪花千片,雁点青天字一行。

　　　　——(唐)白居易《江楼晚眺景物鲜奇吟玩成篇寄水部张员外》

- **白　话**　走过人生必经的"寒冬",会迎来柳暗花明。
- **古诗义**　海压竹枝低复举,风吹山角晦还明。

　　　　——(宋)陈与义《观雨》

- ■ **白　话**　万山之中，树木高耸入云，到处是杜鹃的鸣叫。
- □ **古诗文**　万壑树参天，千山响杜鹃。

　　——（唐）王维《送梓州李使君》

- ■ **白　话**　瀑布宛如银河从天而降，气势磅礴。
- □ **古诗文**　飞流直下三千尺，疑是银河落九天。

　　——（唐）李白《望庐山瀑布》

- ■ **白　话**　蝉声沸腾树林更为静谧，鸟鸣声声，山中更显幽深。
- □ **古诗文**　蝉噪林愈静，鸟鸣山更幽。

　　——（南北朝）王籍《入若耶溪》

■ 白　话　月光如水，洒在明镜般的湖面上。
□ 古诗文　明镜里，月华凉，荷花世界柳丝乡。
　　　　　——（清）陈文述《渔父词》

■ 白　话　黄河之水奔腾不息，卷起万重浪，犹如巨龙翻滚。
□ 古诗文　九曲黄河万里沙，浪淘风簸自天涯。
　　　　　——（唐）刘禹锡《浪淘沙九首》

■ 白　话　菊花在阳光照耀下，像是一群身着黄金甲的勇士。
□ 古诗文　冲天香阵透长安，满城尽带黄金甲。
　　　　　——（唐）黄巢《不第后赋菊》

■ 白　话　江上春风吹拂，柳丝轻舞，岸边桃花盛放，一片绚烂的粉色，像在追赶着小船。
□ 古诗文　春风江上柳如烟，夹岸桃花远趁船。
　　　　　——（清）井镃《寒食舟中》

■ 白　话　生活需要仪式感。
□ 古诗文　千门万户曈曈日，总把新桃换旧符。
　　　　　——（宋）王安石《元日》

■ 白　话　蝴蝶在花海中穿梭，蜻蜓在水面上轻轻点水。
□ 古诗文　穿花蛱蝶深深见，点水蜻蜓款款飞。
　　　　　——（唐）杜甫《曲江二首》

一语倾心

■ 白　话　树林在寒风中若隐若现，夕阳的光芒在溪流中明灭闪烁，起起伏伏。

□ 古诗文　寒树依微远天外，夕阳明灭乱流中。

——（唐）韦应物《自巩洛舟行入黄河即事寄府县僚友》

■ 白　话　秋风清冷，秋月皎洁。落叶聚起后被吹散，寒鸦栖眠又被惊醒。秋天一幅萧瑟风景。

□ 古诗文　秋风清，秋月明，落叶聚还散，寒鸦栖复惊。

——（唐）李白《三五七言》

■ 白　话　金秋的夜晚，月光好似一面重新打磨的镜子。

□ 古诗文　一轮秋影转金波，飞镜又重磨。

——（宋）辛弃疾《太常引》

■ 白　话　阴云笼罩着秋日的天空，秋雨打在荷叶上。

□ 古诗文　秋阴不散霜飞晚，留得枯荷听雨声。

——（唐）李商隐《宿骆氏亭寄怀崔雍崔衮》

■ 白　话　翠竹在凌霜中坚守，红梅在傲雪里绽放。

□ 古诗文　凌霜竹箭傲雪梅，直与天地争春回。

——（清）魏源《行路难》

■ 白　话　仙鹤像一块温润的美玉，黄莺在树梢上欢叫。

□ 古诗文　鹤立花边玉，莺啼树杪弦。

——（元）张养浩《庆东原》

■ **白　话**　天上云朵飘动，月亮在云后若隐若现。
□ **古诗文**　落絮无声春堕泪，行云有影月含羞。
　　　　　——（宋）吴文英《浣溪沙》

■ **白　话**　那探出的枝头，是不经意间破门而出的春天。
□ **古诗文**　春色满园关不住，一枝红杏出墙来。
　　　　　——（宋）叶绍翁《游园不值》

■ **白　话**　知道吗？到了绿叶繁茂、红花凋零的时节了。
□ **古诗文**　知否？知否？应是绿肥红瘦。
　　　　　——（宋）李清照《如梦令》

■ **白　话**　老天爷若是有情感，也会因悲伤而衰老。
□ **古诗文**　衰兰送客咸阳道，天若有情天亦老。
　　　　　——（唐）李贺《金铜仙人辞汉歌》

■ **白　话**　转角会遇到希望。
□ **古诗文**　青山缭绕疑无路，忽见千帆隐映来。
　　　　　——（宋）王安石《江上》

■ **白　话**　你坚持的东西，总有一天会反过来拥抱你。
□ **古诗文**　山不让尘，川不辞盈。
　　　　　——（晋）张华《励志诗》

■ **白　话**　把烦恼交给风，让心灵自由飞翔。
□ **古诗文**　冥鸿天际，尘事分付一轻芒。
　　　　　——（宋）叶梦得《水调歌头》

一语倾心

■ **白　话**　在时代的长河里,我们只是渺小的尘埃。
□ **古诗义**　寄蜉蝣于天地,渺沧海之一粟。
　　　　　——(宋)苏轼《前赤壁赋》

■ **白　话**　在时空折叠中,月亮是永恒的见证者。
□ **古诗义**　今人不见古时月,今月曾经照古人。
　　　　　——(唐)李白《把酒问月》

出口成章

■ **白　话**　易如反掌。

□ **古诗义**　谈笑间,樯橹灰飞烟灭。

　　　　　　——(宋)苏轼《念奴娇》

■ **白　话**　会说话的人,一开口就赢了。

□ **古诗义**　三寸之舌,强于百万之师。

　　　　　　——(汉)司马迁《史记》

■ **白　话**　如果美貌是犯罪,你一定是被判了无期徒刑。

□ **古诗义**　一顾倾人城,再顾倾人国。

　　　　　　——(汉)李延年《李延年歌》

■ **白　话**　与其买书越买越多,不如把一本书翻烂。

□ **古诗义**　旧书不厌百回读,熟读深思子自知。

　　　　　　——(宋)苏轼《送安惇秀才失解西归》

■ **白　话**　你身上有无限可能。

□ **古诗义**　人皆可以为尧舜。

　　　　　　——《孟子》

■ **白　话**　美得让人窒息。

□ **古诗义**　翩若惊鸿,婉若游龙。荣曜秋菊,华茂春松。

　　　　　　——(魏)曹植《洛神赋》

■ **白　话**　语言是有温度的,暖言暖心,冷言冷心。

□ **古诗文**　良言一句三冬暖,恶语伤人六月寒。

　　　　　——(明)佚名《增广贤文》

■ **白　话**　滴,已打卡。

□ **古诗文**　江山留胜迹,我辈复登临。

　　　　　——(唐)孟浩然《与诸子登岘山》

■ **白　话**　世事如流水,人生似梦幻。

□ **古诗文**　世事漫随流水,算来一梦浮生。

　　　　　——(五代)李煜《乌夜啼》

■ 白　话　你走到哪里，哪里就充满阳光。
□ 古诗文　阳春布德泽，万物生光辉。
　　　　　——（汉）佚名《长歌行》

■ 白　话　这场雨下得惊天动地。
□ 古诗文　女娲炼石补天处，石破天惊逗秋雨。
　　　　　——（唐）李贺《李凭箜篌引》

■ 白　话　酒里观天下，诗中藏乾坤。
□ 古诗文　万里江山来醉眼，九秋天地入吟魂。
　　　　　——（宋）王珪《游赏心亭》

■ 白　话　晚上看桂树像加了滤镜，雨天看桃花像开了美颜。
□ 古诗文　一枝月桂和烟秀，万树江桃带雨红。
　　　　　——（唐）鱼玄机《和新及第悼亡诗二首》

■ 白　话　你就是一本行走的百科全书。
□ 古诗文　满腹经纶掌故多，运筹帷幄学识高。
　　　　　——（宋）苏轼《元日》

■ 白　话　春天要溜拦不住，只能写诗发牢骚。
□ 古诗文　无计可留春住，只有断肠诗句。
　　　　　——（明）施绍莘《谒金门》

■ **白　话**　有些"岁月静好"是在尸骨上种植的玫瑰。
□ **古诗文**　商女不知亡国恨,隔江犹唱后庭花。
　　　　　　——(唐)杜牧《泊秦淮》

■ **白　话**　人如何生存,需要经过捶打才能体会。
□ **古诗文**　不辨风尘色,安知天地心。
　　　　　　——(唐)张巡《闻笛》

■ **白　话**　时而举杯邀星共饮,时而执笔疾书描绘江山。
□ **古诗文**　有时呼酒摘星斗,有时提笔撼江山。
　　　　　　——(元)滕斌《最高楼 呈管竹楼左丞》

■ **白　话**　世上之事,若能无心对待是极好的,刻意追求往往适得其反。
□ **古诗文**　从来万事无心好,心到无心自是难。
　　　　　　——(宋)舒岳祥《静坐偶成》

■ **白　话**　名利来去匆匆,从古到今总是迅速化为乌有。
□ **古诗文**　名利到身无了日,不知今古旋成空。
　　　　　　——(唐)薛逢《六街尘》

■ **白　话**　独孤求败。
□ **古诗文**　前不见古人,后不见来者。
　　　　　　——(唐)陈子昂《登幽州台歌》

■ 白　话　这波浪都要把岳阳城掀翻了。
□ 古诗文　气蒸云梦泽，波撼岳阳城。
　　　　　——（唐）孟浩然《望洞庭湖赠张丞相》

■ 白　话　走出去，看那浩瀚天地在眼前展开。
□ 古诗文　归来不觉山川小，出去岂知天地宽。
　　　　　——（宋）李师中《云》

■ 白　话　读过的书本里藏着本领。
□ 古诗文　退笔如山未足珍，读书万卷始通神。
　　　　　——（宋）苏轼《柳氏二外甥求笔迹》

- ■ **白　　话**　即使是一潭死水，也总有春风吹拂的时候。
- □ **古诗文**　一潭死水全无浪，也有春风摆动时。

　　　　　　——（元）戴善夫《陶学士醉写风光好》

- ■ **白　　话**　长江后浪推前浪。
- □ **古诗文**　人事有代谢，往来成古今。

　　　　　　——（唐）孟浩然《与诸子登岘山》

- ■ **白　　话**　你以为的低谷，可能正是转折的起点。
- □ **古诗文**　祸兮福之所倚，福兮祸之所伏。

　　　　　　——《道德经》

- ■ **白　　话**　没人理解我。
- □ **古诗文**　海水梦悠悠，君愁我亦愁。南风知我意，吹梦到西洲。

　　　　　　——（南北朝）佚名《西洲曲》

- ■ **白　　话**　该来的迟早会来。
- □ **古诗文**　人间一两风，吹我十万八千梦。

　　　　　　——（清）袁枚《续子不语》

- ■ **白　　话**　我真心待你，你却辜负了我。
- □ **古诗文**　我本将心向明月，奈何明月照沟渠。

　　　　　　——（元）高明《琵琶记》

■ **白　话**　活得明白。

□ **古诗义**　人有悲欢离合，月有阴晴圆缺，此事古难全。

　　——（宋）苏轼《水调歌头》

■ **白　话**　江雁飞过旧皇宫。

□ **古诗义**　江上三千雁，年年过故宫。

　　——（唐）李益《扬州早雁》

■ **白　话**　往往在最不经意的时候，一切都会变得顺利。

□ **古诗义**　有心栽花花不开，无心插柳柳成荫。

　　——（明）佚名《增广贤文》

■ **白　话**　世间万物，真真假假，假假真真。

□ **古诗义**　假作真时真亦假，无为有处有还无。

　　——（清）曹雪芹《红楼梦》

■ **白　话**　梦醒来才知一场空。

□ **古诗义**　世事一场大梦，人生几度秋凉？

　　——（宋）苏轼《西江月》

■ **白　话**　少年总爱故作深沉，以为那就是人生的豁达。

□ **古诗义**　少年不识愁滋味，爱上层楼。爱上层楼，为赋新词强说愁。

　　——（宋）辛弃疾《丑奴儿》

■ **白　话**　不是所有人都值得倾诉，也不是所有事都适合倾诉。
□ **古诗文**　可与言而不与之言，失人；不可与言而与之言，失言。
　　　——《论语》

■ **白　话**　语言的魅力在于简洁，而非辞藻的堆砌。
□ **古诗文**　节拍贵详缓，言语戒浮靡。
　　　——（宋）程永奇《与孙自修祝和甫读宛陵山谷诗》

■ **白　话**　舌尖上的力量。
□ **古诗文**　纵横舌上鼓风雷，谈笑胸中换星斗。
　　　——（明）罗贯中《三国演义》

■ **白　话**　不会说话你就输了。
□ **古诗文**　言之无文，行而不远。
　　　——（先秦）左丘明《左传》

■ **白　话**　如果一个人看起来十分完美，大概率要提防。
□ **古诗文**　莫信直中直，须防仁不仁。山中有直树，世上无直人。
　　　——（明）佚名《增广贤文》

■ **白　话**　你笑起来真好看！
□ **古诗文**　眉目艳皎月，一笑倾城欢。
　　　——（唐）李白《古风五十九首》

- **白　话**　真话难听能救命，假话好听会要命。
- **古诗文**　信言不美，美言不信。
　　　　　——《道德经》

- **白　话**　真正的美，不需要刻意雕琢。
- **古诗文**　雪里温柔，水边明秀，不借春工力。
　　　　　——（宋）辛弃疾《念奴娇》

- **白　话**　这片森林好安静。
- **古诗文**　树深时见鹿，溪午不闻钟。
　　　　　——（唐）李白《访戴天山道士不遇》

- **白　话**　借势者明，借智者宏，借力者成。
- **古诗文**　好风凭借力，送我上青云。
　　　　　——（清）曹雪芹《红楼梦》

- **白　话**　有缘自会相遇，无缘也是故事。
- **古诗文**　一曲清歌满樽酒，人生何处不相逢。
　　　　　——（宋）晏殊《金柅园》

- **白　话**　忙碌日常，偶尔也要让心灵得到休憩。
- **古诗文**　因过竹院逢僧话，偷得浮生半日闲。
　　　　　——（唐）李涉《题鹤林寺僧舍》

- **白　话**　有些东西是无法用文字或画面表达的。
- **古诗文**　世间无限丹青手，一片伤心画不成。
　　　　　——（唐）高蟾《金陵晚望》

■ **白　话**　世上许多事都是机缘巧合。
□ **古诗文**　流水下滩非有意，白云出岫本无心。
　　　　——（明）佚名《增广贤文》

■ **白　话**　别人眼中的无用，可能是你的宝藏。
□ **古诗文**　人弃我取，人取我与。
　　　　——（汉）司马迁《史记》

■ **白　话**　做事要果断，犹豫就会败北。
□ **古诗文**　当断不断，反受其乱。
　　　　——（汉）司马迁《史记》

■ **白　话**　相遇总有原因，不是恩赐就是教训。
□ **古诗文**　同是天涯沦落人，相逢何必曾相识。
　　　　——（唐）白居易《琵琶行》

■ **白　话**　懂你的人不需要解释。
□ **古诗文**　知我者，谓我心忧；不知我者，谓我何求。
　　　　——《诗经》

■ **白　话**　不要为打翻的牛奶而哭泣。
□ **古诗文**　人生亦有命，安能行叹复坐愁。
　　　　——（南北朝）鲍照《拟行路难十八首》

■ **白　话**　人在江湖，身不由己。
□ **古诗文**　万般皆是命，半点不由人。
　　　　——（明）冯梦龙《警世通言》

■ **白　话**　很多关系走到最后，不过是相识一场。
□ **古诗文**　渐行渐远渐无书，水阔鱼沉何处问。
　　　　——（宋）欧阳修《玉楼春》

■ **白　话**　天要下雨，娘要嫁人。
□ **古诗文**　青山遮不住，毕竟东流去。
　　　　——（宋）辛弃疾《菩萨蛮》

■ **白　话**　一个人的夜，只有影子陪着我。
□ **古诗文**　残灯风灭炉烟冷，相伴唯孤影。
　　　　——（清）纳兰性德《虞美人》

■ **白　话**　让花成花，让树成树。
□ **古诗文**　万物静观皆自得，四时佳兴与人同。
　　　　——（宋）程颢《秋日偶成》

■ **白　话**　菊花和我一样满头白，怕过重阳，可它又来了。
□ **古诗文**　黄花和我满头霜。怕重阳，又重阳。
　　　　——（清）屈大均《江城梅花引》

■ **白　话**　现在偷的每一个懒，都是给未来挖的坑。
□ **古诗文**　少壮不努力，老大徒伤悲。
　　　　——（汉）佚名《长歌行》

■ **白　话**　父母在，人生尚有来处；父母去，人生只剩归途。

□ **古诗文**　树欲静而风不止，子欲养而亲不待。

　　——（汉）韩婴《韩诗外传》

■ **白　话**　打工人何苦为难打工人。

□ **古诗文**　本是同根生，相煎何太急。

　　——（魏）曹植《七步诗》

■ **白　话**　有些英雄的故事没有结局，但精神永垂不朽。

□ **古诗文**　出师未捷身先死，长使英雄泪满襟。

　　——（唐）杜甫《蜀相》

■ **白　话**　有人坐飞机能见到，有人要坐时光机才能再见。

□ **古诗文**　君埋泉下泥销骨，我寄人间雪满头。

　　——（唐）白居易《梦微之》

■ **白　话**　岁月无情，历史的车轮滚滚向前，即使曾经辉煌，也会被时间侵蚀，只留下些许痕迹诉说过往。

□ **古诗文**　南朝四百八十寺，多少楼台烟雨中。

　　——（唐）杜牧《江南春》

■ **白　话**　不要为了一棵树放弃整片森林。
□ **古诗义**　枝上柳绵吹又少。天涯何处无芳草。
　　　　　——（宋）苏轼《蝶恋花》

■ **白　话**　即使暂时被生活打倒，也不要失去锋芒。
□ **古诗义**　零落成泥碾作尘，只有香如故。
　　　　　——（宋）陆游《卜算子》

■ **白　话**　花开花谢，时光匆匆，聚散无常。
□ **古诗义**　今年花胜去年红。可惜明年花更好，知与谁同？
　　　　　——（宋）欧阳修《浪淘沙》

■ **白　话**　珍惜眼前人，把握当下的幸福。
□ **古诗义**　满目山河空念远，落花风雨更伤春，不如怜取眼前人。
　　　　　——（宋）晏殊《浣溪沙》

■ **白　话**　别太认真，赢了输了，终将归于尘土。
□ **古诗义**　赢，都变做了土；输，都变做了土。
　　　　　——（元）张养浩《山坡羊》

■ **白　话**　子规啼叫，人却依旧没有消息。
□ **古诗义**　子规啼，不如归，道是春归人未归。
　　　　　——（元）关汉卿《大德歌》

■ **白　话**　平常的温暖瞬间，最后只能在回忆里寻找。
□ **古诗义**　赌书消得泼茶香，当时只道是寻常。
　　　　　——（清）纳兰性德《浣溪沙》

■ **白　话**　雪下得好大。
□ **古诗义**　应是天仙狂醉，乱把白云揉碎。
　　　　　——（唐）李白《清平乐》

■ **白　话**　领导力法则。
□ **古诗义**　我劝天公重抖擞，不拘一格降人才。
　　　　　——（清）龚自珍《己亥杂诗》

■ **白　话**　有时人生就像一场短暂的花期。
□ **古诗义**　一朝春尽红颜老，花落人亡两不知。
　　　　　——（清）曹雪芹《红楼梦》

■ **白　话**　潮退了才知道谁在裸泳。
□ **古诗义**　试玉要烧三日满，辨材须待七年期。
　　　　　——（唐）白居易《放言五首》

■ **白　话**　没有人完美无缺，就像没有花永不凋谢一样。
□ **古诗义**　人无千日好，花无百日红。
　　　　　——（元）杨文奎《儿女团圆》

■ **白　话**　书籍不仅开阔视野，还带来物质上的富足。
□ **古诗义**　安居不用架高堂，书中自有黄金屋。
　　　　　——（宋）赵恒《劝学诗》

■ **白　话**　距离不是阻碍，无论多远都要在一起。
□ **古诗文**　但愿人长久，千里共婵娟。

　　——（宋）苏轼《水调歌头》

■ **白　话**　耐得住寂寞，经得起磨砺。
□ **古诗文**　十年磨一剑，霜刃未曾试。

　　——（唐）贾岛《剑客》

■ **白　话**　思念如野草，越走越远，越长越繁密。
□ **古诗文**　离恨恰如春草，更行更远还生。

　　——（五代）李煜《清平乐》

■ **白　话**　真正的美，无需刻意为之。
□ **古诗文**　清水出芙蓉，天然去雕饰。

　　——（唐）李白《经乱离后天恩流夜郎忆旧游书怀赠江夏韦太守良宰》

■ **白　话**　创作中的酸甜苦辣，唯有作者本人能够体会。
□ **古诗文**　文章千古事，得失寸心知。

　　——（唐）杜甫《偶题》

■ **白　话**　在绝对的实力面前，任何反抗都是徒劳。
□ **古诗文**　蚍蜉撼大树，可笑不自量。

　　——（唐）韩愈《调张籍》

■ 白　话　岁月是把无情刀，时间是公正的裁判。
□ 古诗文　公道世间唯白发，贵人头上不曾饶。
　　　　　——（唐）杜牧《送隐者一绝》

■ 白　话　辉煌背后，往往隐藏着残酷与牺牲。
□ 古诗文　凭君莫话封侯事，一将功成万骨枯。
　　　　　——（唐）曹松《己亥岁二首》

■ 白　话　打工人忙碌一年，最终发现只为房东打工。
□ 古诗文　苦恨年年压金线，为他人作嫁衣裳。
　　　　　——（唐）秦韬玉《贫女》

■ 白　话　再长寿的生命，也敌不过时间的车轮。
□ 古诗文　神龟虽寿，犹有竟时。
　　　　　——（汉）曹操《龟虽寿》

■ 白　话　打蛇打七寸，做事抓痛点。
□ 古诗文　射人先射马，擒贼先擒王。
　　　　　——（唐）杜甫《前出塞九首》

■ 白　话　好花不常开，青春难再来。
□ 古诗文　好花难种不长开，少年易过不重来。
　　　　　——（明）唐寅《花下酌酒歌》

■ 白　话　学习越多，积累越多，就越从容。
□ 古诗文　博观而约取，厚积而薄发。
　　　　　——（宋）苏轼《稼说送张琥》

■ 白　话　梦想有多大，舞台就有多大。
□ 古诗义　大鹏一日同风起，扶摇直上九万里。
　　　　——（唐）李白《上李邕》

■ 白　话　别让青春留下遗憾，趁年轻多去做想做的事。
□ 古诗义　青春须早为，岂能长少年。
　　　　——（唐）孟郊《劝学》

■ 白　话　开始容易，坚持很难，善始善终。
□ 古诗义　靡不有初，鲜克有终。
　　　　——《诗经》

■ 白　话　罗马不是一天建成的。
□ 古诗义　博学之，审问之，慎思之，明辨之，笃行之。
　　　　——（先秦）子思《中庸》

■ 白　话　实践出真知，大神也是从菜鸟成长起来的。
□ 古诗义　操千曲而后晓声，观千剑而后识器。
　　　　——（南北朝）刘勰《文心雕龙》

■ 白　话　有些心事，不如说给月亮听。
□ 古诗义　难将心事和人说，说与青天明月知。
　　　　——（明）唐寅《美人对月》

■ 白　话　再严密的组织也有漏洞。
□ 古诗义　黑云压城城欲摧，甲光向日金鳞开。
　　　　——（唐）李贺《雁门太守行》

■ **白　话**　昨天不值得留恋,但挡不住今天依然发愁。
□ **古诗义**　弃我去者,昨日之日不可留;乱我心者,今日之日多烦忧。
　　　　　——(唐)李白《宣州谢朓楼饯别校书叔云》

■ **白　话**　生命如流星般转瞬即逝,唯有明月亘古不变。
□ **古诗义**　古人今人若流水,共看明月皆如此。
　　　　　——(唐)李白《把酒问月》

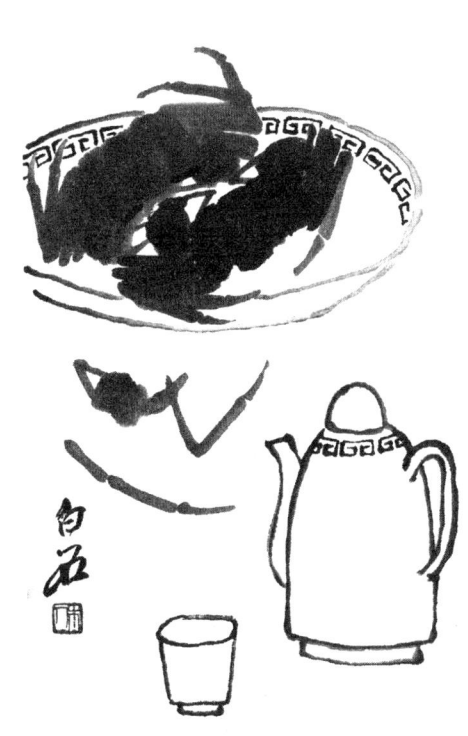

■ **白　话**　别对流传下来的经典嗤之以鼻，每个时代都有独特价值。

□ **古诗文**　今人嗤点流传赋，不觉前贤畏后生。

——（唐）杜甫《戏为六绝句》

■ **白　话**　要像雕琢宝石一样打磨自己。

□ **古诗文**　如切如磋，如琢如磨。

——《诗经》

■ **白　话**　站在风口上，猪也能飞上天。

□ **古诗文**　顺风而呼，声非加疾也，而闻者彰。

——（先秦）荀子《劝学》

■ **白　话**　敢于说"不"。

□ **古诗文**　千人之诺诺，不如一士之谔谔。

——（汉）司马迁《史记》

■ **白　话**　站稳脚跟才能赢。

□ **古诗文**　咬定青山不放松，立根原在破岩中。

——（清）郑燮《竹石》

■ **白　话**　你今天真好看。

□ **古诗文**　芙蓉不及美人妆，水殿风来珠翠香。

——（唐）王昌龄《西宫秋怨》

■ **白　话**　创作就是追求极致。

□ **古诗文**　为人性僻耽佳句，语不惊人死不休。

　　——（唐）杜甫《江上值水如海势聊短述》

■ **白　话**　世间万物不如你，非画笔能描，非花朵能比。

□ **古诗文**　有画难描雅态，无花可比芳容。

　　——（宋）柳永《集贤宾》

■ **白　话**　人群中最显眼的存在。

□ **古诗文**　俊眉修眼，顾盼神飞，文彩精华，见之忘俗。

　　——（清）曹雪芹《红楼梦》

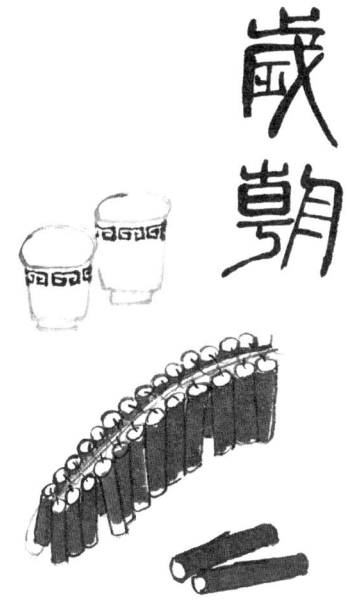

- **白　话**　曾梦想仗剑走天涯，摸着头上的白发，才发觉辜负了年少志向。
- **古诗文**　出门搔白首，若负平生志。
    ——（唐）杜甫《梦李白二首》

- **白　话**　总以为来日方长，最后发现每一天都是减法。
- **古诗文**　此生此夜不长好，明月明年何处看。
    ——（宋）苏轼《阳关曲》

- **白　话**　生命的价值不在于长度，瞬间的绽放也能被铭记。
- **古诗文**　松树千年终是朽，槿花一日自为荣。
    ——（唐）白居易《放言五首》

- **白　话**　从此你我就各奔天涯了。
- **古诗文**　数声风笛离亭晚，君向潇湘我向秦。
    ——（唐）郑谷《淮上与友人别》

- **白　话**　穿过这条风雨料峭的命运隧道，阳光在后面等待。
- **古诗文**　料峭春风吹酒醒，微冷，山头斜照却相迎。
    ——（宋）苏轼《定风波》

- **白　话**　声音优美好似珠落玉盘。
- **古诗文**　嘈嘈切切错杂弹，大珠小珠落玉盘。
    ——（唐）白居易《琵琶行》

■ **白　话**　打不倒我的只会让我更强大。
□ **古诗义**　野火烧不尽，春风吹又生。
　　　　　　——（唐）白居易《赋得古原草送别》

■ **白　话**　美得让人移不开眼。
□ **古诗义**　小山重叠金明灭，鬓云欲度香腮雪。
　　　　　　——（唐）温庭筠《菩萨蛮》

■ **白　话**　生命不分大小。
□ **古诗义**　谁道群生性命微？一般骨肉一般皮。
　　　　　　——（唐）白居易《鸟》

■ **白　话**　众生平等。天若有情天亦老。
□ **古诗义**　天地不仁，以万物为刍狗。
　　　　　　——《道德经》

■ **白　话**　相见恨晚。
□ **古诗义**　同是长干人，生小不相识。
　　　　　　——（唐）崔颢《长干曲四首》

■ **白　话**　自然的节奏就是最美的乐章。
□ **古诗义**　欣欣此生意，自尔为佳节。
　　　　　　——（唐）张九龄《感遇十二首》

■ **白　话**　与人交往，讲究意气相投。
□ **古诗义**　交乃意气合，道因风雅存。
　　　　　　——（唐）李白《别韦少府》

■ **白　话**　多借鉴他人的长处,才能不断进步。

□ **古诗文**　别裁伪体亲风雅,转益多师是汝师。

　　　　　——(唐)杜甫《戏为六绝句》

■ **白　话**　灯红酒绿,纸醉金迷中,迷失了自我。

□ **古诗文**　暖风熏得游人醉,直把杭州作汴州。

　　　　　——(宋)林升《题临安邸》

■ **白　话**　优雅,永不过时。

□ **古诗文**　言辞雅措风流足,举止低回秀媚多。

　　　　　——(唐)元稹《赠刘采春》

■ **白　话**　分别时明明彼此想念,见面了又不知从何说起。

□ **古诗文**　相思长有事,及见却无言。

　　　　　——(唐)唐裴《喜友人再面》

■ **白　话**　时光易逝,感慨万千,风雅含情,才华难再。

□ **古诗文**　年颜近老空多感,风雅含情苦不才。

　　　　　——(宋)林逋《池上春日》

■ **白　话**　新年到。

□ **古诗文**　爆竹声中一岁除,春风送暖入屠苏。

　　　　　——(宋)王安石《元日》

■ **白　话**　时间像长了翅膀，嗖的一下就飞走了。
□ **古诗文**　日月忽其不淹兮，春与秋其代序。
　　　　　——（先秦）屈原《离骚》

■ **白　话**　不要执着名利之事。
□ **古诗文**　莫言名与利，名利是身仇。
　　　　　——（唐）杜牧《不寝》

■ **白　话**　知音难觅。
□ **古诗文**　吟成大雅百篇诗，首首清新鉴者谁。
　　　　　——（宋）田锡《谢晏公》

■ **白　话**　水到渠成。
□ **古诗文**　向来枉费推移力，此日中流自在行。
　　　　　——（宋）朱熹《观书有感二首》

■ **白　话**　可望而不可得。
□ **古诗文**　人攀明月不可得，月行却与人相随。
　　　　　——（唐）李白《把酒问月》

■ **白　话**　再美好的相遇，也有离别的一天。
□ **古诗文**　雅态妍姿正欢洽，落花流水忽西东。
　　　　　——（宋）柳永《雪梅香》

■ **白　话**　人生两大苦，生离和死别。
□ **古诗文**　世上万般哀苦事，无非死别与生离。
　　　　　——（明）冯梦龙《醒世恒言》

■ 白　话　徒弟超过师父，一代更比一代强。
□ 古诗文　青，取之于蓝而青于蓝；冰，水为之而寒于水。
　　　　　——（先秦）荀子《劝学》

■ 白　话　谁还不犯个错啊！
□ 古诗文　人非圣贤，孰能无过。
　　　　　——（先秦）左丘明《左传》

■ 白　话　不懂就问。
□ 古诗文　敏而好学，不耻下问。
　　　　　——《论语》

■ 白　话　年轻时候拼命学，老了才能见成果。
□ 古诗文　古人学问无遗力，少壮工夫老始成。
　　　　　——（宋）陆游《冬夜读书示子聿》

■ 白　话　是个人就有你比不上的地方。
□ 古诗文　三人行，必有我师焉。
　　　　　——《论语》

■ 白　话　说的比唱的好听。
□ 古诗文　巧言如簧，颜之厚矣。
　　　　　——《诗经》

■ 白　话　光攒钱不读书，跟土财主有啥区别？
□ 古诗文　积金不积书，守财一何鄙。
　　　　　——（清）刘岩《杂诗》

■ 白　话　真正的大佬，可能看起来最像路人。
□ 古诗义　高节人相重，虚心世所知。
　　　　　——（唐）张九龄《和黄门卢侍御咏竹》

■ 白　话　失眠和焦虑，可能是读书太少、想得太多造成的。
□ 古诗义　当怒读则喜，当病读则痊。
　　　　　——（明）杨循吉《题书厨上》

■ 白　话　读着读着，感觉灵魂都被刷新了。
□ 古诗义　眼前直下三千字，胸次全无一点尘。
　　　　　——（明）于谦《观书》

■ 白　话　白愁了半天，敢情春天在这儿猫着呢！
□ 古诗义　长恨春归无觅处，不知转入此中来。
　　　　　——（唐）白居易《大林寺桃花》

■ 白　话　旧的不去新的不来。
□ 古诗义　一尺深红胜曲尘，天生旧物不如新。
　　　　　——（唐）温庭筠《新添声杨柳枝词二首》

■ 白　话　真正的学霸，可能假装学渣在控分。
□ 古诗义　时人莫小池中水，浅处无妨有卧龙。
　　　　　——（唐）窦庠《醉中赠符载》

- **白　话**　好的就学,不好的就改。
- **古诗文**　择其善者而从之,其不善者而改之。
    ——《论语》

- **白　话**　岁月不饶人,功名二字催人老。
- **古诗文**　两字功名频看镜,不饶人白发星星。
    ——(元)张可久《普天乐》

- **白　话**　友情无价。
- **古诗文**　行来北凉岁月深,感君贵义轻黄金。
    ——(唐)李白《忆旧游寄谯郡元参军》

- **白　话**　又猛又刚,硬气到没人敢惹。
- **古诗文**　诚既勇兮又以武,终刚强兮不可凌。
    ——(先秦)屈原《国殇》

- **白　话**　精致不是标签的堆砌,而是外在俭朴、内心丰盛。
- **古诗文**　众人皆以奢靡为荣,吾心独以俭素为美。
    ——(宋)司马光《训俭示康》

- **白　话**　别人耍刀枪,我靠笔杆子闯天下。
- **古诗文**　别人怀宝剑,我有笔如刀。
    ——(宋)汪洙《神童诗》

■ 白　话　没被生活暴打过就不配成功！
□ 古诗文　天将降大任于是人也，必先苦其心志，劳其筋骨，饿其体肤，空乏其身，行拂乱其所为。

——《孟子》

■ 白　话　只有亲身体验，才知天高地厚。
□ 古诗文　不登高山，不知天之高也；不临深溪，不知地之厚也。

——（先秦）荀子《劝学》

■ 白　话　学习别光摘花玩，得连根拔起来看。
□ 古诗文　学非探其花，要自拔其根。

——（唐）杜牧《留诲曹师等诗》

■ 白　话　别人家孩子，心比天还大。
□ 古诗文　自小多才学，平生志气高。

——（宋）汪洙《神童诗》

■ 白　话　当年跪着要饭，现在站着数钱。
□ 古诗文　昔日龌龊不足夸，今朝放荡思无涯。

——（唐）孟郊《登科后》

■ 白　话　想看更远？那就再爬高点儿。
□ 古诗文　欲穷千里目，更上一层楼。

——（唐）王之涣《登鹳雀楼》

■ **白　话**　真正的友谊怎么能被量化？
□ **古诗文**　桃花潭水深千尺，不及汪伦送我情。
　　　　　——（唐）李白《赠汪伦》

■ **白　话**　每个人都是独一无二的，各有各的魅力。
□ **古诗文**　梅须逊雪三分白，雪却输梅一段香。
　　　　　——（宋）卢梅坡《雪梅二首》

■ **白　话**　听着雨声睡不着，闭眼就是千军万马。
□ **古诗文**　夜阑卧听风吹雨，铁马冰河入梦来。
　　　　　——（宋）陆游《十一月四日风雨大作二首》

■ **白　话**　别看我满头白发，热血照样沸腾。
□ **古诗文**　有谁知，鬓虽残，心未死。
　　　　　——（宋）陆游《夜游宫》

■ **白　话**　等我开花的时候，其他花都失去光彩。
□ **古诗文**　待到秋来九月八，我花开后百花杀。
　　　　　——（唐）黄巢《不第后赋菊》

■ **白　话**　当你的能力配不上你的野心。
□ **古诗文**　才疏志大不自量，西家东家笑我狂。
　　　　　——（宋）陆游《大风登城书雨》

■ **白　话**　一天不练自己知道，三天不练对手知道。
□ **古诗文**　三日不读，口生荆棘；三日不弹，手生荆棘。
　　　　　——（清）朱舜水《答野节问》

■ 白　话　学习就像种地，下了多少功夫心里要明白。
□ 古诗义　力学如力耕，勤情尔自知。
　　　　　——（宋）刘过《书院》

■ 白　话　不诋毁他人的美，不揭露他人的丑。
□ 古诗义　君子不蔽人之美，不言人恶。
　　　　　——《韩非子》

■ 白　话　一个人拼起命来，一百个人都挡不住。
□ 古诗义　一卒毕力，百人不当。
　　　　　——（南北朝）范晔《后汉书》

■ 白　话　家是永远的依恋，相隔再远，想起来也流泪。
□ 古诗义　故园东望路漫漫，双袖龙钟泪不干。
　　　　　——（唐）岑参《逢入京使》

■ 白　话　风云变幻，暗流汹涌，暴风雨前总是宁静。
□ 古诗义　溪云初起日沉阁，山雨欲来风满楼。
　　　　　——（唐）许浑《咸阳城东楼》

■ 白　话　岁月匆匆，青丝熬成白发。
□ 古诗义　麻姑垂两鬓，一半已成霜。
　　　　　——（唐）李白《短歌行》

■ 白　话　有的人十八岁就活明白了，有的人八十岁还在混日子。
□ 古诗义　有志不在年高，无志空活百岁。
　　　　　——（清）石玉昆《三侠五义》

- **白　话**　看到神作就转发，观点不同就开辩。
- **古诗义**　奇文共欣赏，疑义相与析。
  　　　　——（晋）陶渊明《移居二首》

- **白　话**　再厉害的丹青手，也画不出此番美景。
- **古诗义**　此时此景真堪画，只恐丹青笔未精。
  　　　　——（宋）邵雍《和商守雪霁登楼》

- **白　话**　言语表达太过粗浅，说不到人心坎里去。
- **古诗义**　常恨言语浅，不如人意深。
  　　　　——（唐）刘禹锡《视刀环歌》

- **白　话**　用文字描绘绚烂世界，创作的快感无以言表。
- **古诗义**　公退斋戒坐小阁，濡染大笔何淋漓。
  　　　　——（唐）李商隐《韩碑》

- **白　话**　你写得太好了，把神仙都能感动哭。
- **古诗义**　笔落惊风雨，诗成泣鬼神。
  　　　　——（唐）杜甫《寄李十二白二十韵》

- **白　话**　笔下如有神助，势不可挡秒杀一片。
- **古诗义**　诗赋倒流三峡水，笔阵独扫千人军。
  　　　　——（唐）杜甫《醉歌行》

- **白　话**　谦谦君子不张扬、不炫耀、无所求。
- **古诗义**　谦谦君子德，磬折欲何求。
  　　　　——（魏）曹植《箜篌引》

- **白　话**　嘴一张就是奢侈品，笔一落必须带杀气。
- **古诗文**　吐言贵珠玉，落笔回风霜。
    ——（唐）李白《赠刘都使》

- **白　话**　心像野鹤远离俗世，诗如冰壶清澈见底。
- **古诗文**　心同野鹤与尘远，诗似冰壶见底清。
    ——（唐）韦应物《赠王侍御》

- **白　话**　高歌一曲后，少年成白头。
- **古诗文**　高歌一曲掩明镜，昨日少年今白头。
    ——（唐）许浑《秋思》

- **白　话**　你这发型能飞起来。
- **古诗文**　婵娟两鬓秋蝉翼，宛转双蛾远山色。
    ——（唐）白居易《井底引银瓶》

- **白　话**　这身段绝了！走路带仙气，动作美得冒泡。
- **古诗文**　状似明月泛云河，体如轻风动流波。
    ——（南北朝）刘铄《白纻曲》

- **白　话**　你真是堂堂正正、光明磊落之人。
- **古诗文**　仰不愧于天，俯不怍于人。
    ——《孟子》

- **白　话**　真是个难得的人才。
- **古诗文**　百世一人，千载一时。
    ——（宋）苏轼《祭司马君实文》

- **白　话**　高兴时写的字会跳舞,难过时写的字会哭泣。
- **古诗义**　谈欢则字与笑并,论戚则声共泣偕。
    ——(南北朝)刘勰《文心雕龙》

- **白　话**　文如其人。字里行间全是你的人设。
- **古诗义**　所以读君诗,亦知君为人。
    ——(唐)白居易《读张籍古乐府》

- **白　话**　最简单的话,藏着最深刻的道理。
- **古诗义**　言近而旨远,辞浅而义深。
    ——(唐)刘知几《史通》